CB022459

Gregório de Matos

Poemas atribuídos

Códice Asensio-Cunha

~

Volume 3

João Adolfo Hansen
Marcello Moreira
EDIÇÃO E ESTUDO

Gregório de Matos

Poemas atribuídos

Códice Asensio-Cunha

Volume 3

PROEX

autêntica

CAPA
Diogo Droschi
(sobre imagem de Ulisse Aldrovandi)

DIAGRAMAÇÃO
Christiane Morais
Ricardo Furtado
Waldênia Alvarenga Santos Ataíde

IMAGEM DA PÁGINA 17
Códice Asensio-Cunha, volume III, Biblioteca Celso Cunha, Instituto de Letras da Universidade Federal do Rio de Janeiro.

REVISÃO
João Adolfo Hansen
Marcello Moreira

INDICAÇÃO E CONSULTORIA EDITORIAL
Joaci Pereira Furtado

EDITORA RESPONSÁVEL
Rejane Dias

Dados Internacionais de Catalogação na Publicação (CIP)
(Câmara Brasileira do Livro, SP, Brasil)

Gregório de Matos : Poemas atribuídos : Códice Asensio-Cunha, volume 3 / João Adolfo Hansen, Marcello Moreira [edição e estudo]. -- Belo Horizonte : Autêntica Editora, 2013.

ISBN 978-85-8217-303-9

1. Matos, Gregório de, 1633-1696 2. Poesia brasileira - Período colonial I. Hansen, João Adolfo. II. Moreira, Marcello.

CDD-869.91

Índices para catálogo sistemático:
1. Poesia : Período colonial : Literatura brasileira 869.91

Belo Horizonte
Rua Aimorés, 981, 8° andar . Funcionários
30140-071 . Belo Horizonte . MG
Tel.: (55 31) 3214 5700

São Paulo
Av. Paulista, 2073, Conjunto Nacional, Horsa I, 23° andar, Conj. 2301
Cerqueira César . São Paulo . SP . 01311-940
Tel.: (55 11) 3034 4468

Televendas: 0800 283 13 22
www.editoragutenberg.com.br

Este livro foi publicado por indicação e com apoio do Programa de Pós-Graduação em Literatura Brasileira.

Descrição do terceiro volume do *Códice Asensio-Cunha*

A encadernação, provavelmente realizada no século XVIII, apresenta as seguintes características: pastas feitas de cartão, recobertas por couro, medindo, a anterior, 20,6 cm de altura e 14,8 cm de largura; a posterior, 20,6 cm de altura e 14,8 cm de largura.

O lombo, em couro, mede 20,6 cm de altura e 4,5 cm de largura; sobre o couro escurecido da lombada foi aplicada uma etiqueta de couro, tingida de marrom e afixada entre a segunda e a terceira nervuras; nesta etiqueta se lê: TOM. III. Na lombada, há cinco nervuras e toda a lombada é adornada com motivos florais e fitomórficos em ouro.

Cabeçal feito de cordão de couro, na cor natural.

O corte do volume apresenta a coloração avermelhada oriunda do tingimento a que foi submetido, embora já bastante esmaecida.

Os fólios que compõem o primeiro volume do *Códice* são de papel e medem 20,2 cm de altura e 14,1 cm de largura.

A utilização das páginas para a cópia dos poemas é bastante variável no terceiro volume do *Códice,* o que não nos possibilitou estabelecer as margens internas superior, inferior e laterais que emolduram as composições nele transcritas.

Todo o *Códice* foi escrito em coluna única e está numerado em arábico.

O texto foi escrito por uma única mão, e diferenças notadas no talhe das letras – ora mais fino, ora mais grosso – podem ser explicadas pelo emprego, por parte do copista, de diferentes penas e tintas.

A distribuição dos fólios que compõem o *Códice* obedece à seguinte disposição:

a) 1 folha para a guarda;

b) 1 folha para a contraguarda anterior;

c) 1 folha para a página de rosto;

d) 4° fólio/reto: início da transcrição dos poemas. No canto superior do reto do quarto fólio, inicia-se a numeração do volume (1). O verso do quarto fólio apresenta numeração da mesma mão no canto superior esquerdo (2);

e) Numeração continuada da página (1) à página (530), última a trazer numeração;

f) Após a página (530), há os dois índices dos poemas copiados no terceiro volume da Coleção, sendo o primeiro deles o índice dos assuntos e o segundo, o índice alfabetado dos *incipit*;

g) Após os índices copiados entre as páginas (531) e (549), que não trazem numeração no ms., há seis fólios em branco que servem de contraguardas;

h) Após as contraguardas posteriores, guarda colada sobre a pasta posterior;

i) A encadernação e bastantes folhas do volume apresentam furos causados por larvas de insetos.

Reto e verso do primeiro fólio, em branco.

No canto superior direito do segundo fólio, a lápis, há a seguinte anotação: "Ms. 7".

No reto do terceiro fólio (página de rosto do terceiro volume), em posição central, há um medalhão de papel recortado e afixado sobre a folha codicilar; no medalhão, em tinta vermelha, se lê:

Mattos
da Bahia

3° Tomo

Que contem poezias judi=
ciais, correções
de picaros,
e desenvolturas,
do Poeta.

No verso do terceiro fólio, há afixada uma etiqueta eletrônica que data da época em que a Biblioteca Celso Cunha foi catalogada e tombada pela Universidade Federal do Rio de Janeiro. A etiqueta mede 5,5 cm de comprimento e 3,7 cm de largura e traz os seguintes dados impressos, com exceção da data nela inserida manualmente com tinta azul:

UFRJ- CLA/LETRAS
COLECAO CELSO CUNHA
005-09-009610-7 DATA
10/3/92

No reto do quarto fólio, inicia-se a transcrição dos poemas atribuídos a Gregório de Matos e Guerra; a numeração inicia-se neste fólio e está aposta no canto superior direito do mesmo fólio (1). O verso do quarto fólio traz, no canto superior esquerdo, o número (2).

A paginação estende-se sem interrupções da página (1) à página (530) e em todas elas estão copiados poemas atribuídos a Gregório de Matos e Guerra.

Há várias ilustrações no terceiro volume do *Códice Asensio-Cunha* e todas elas servem para encerrar uma subdivisão textual no interior do volume. Seguem-se as páginas em que elas se encontram e uma descrição sumária de cada uma delas:

(208) Impresso recortado e colorido à mão, posteriormente colado ao pé da página, conquanto sua afixação date da época da fatura do *Códice*: homem aquecendo-se junto a uma fogueira.

(257) Ilustração feita diretamente sobre a página, policromada, composta de motivos florais e fitomórficos.

A página (531) não está numerada no terceiro volume, assim como as que se lhe seguem. O índice de assuntos – INDEX/Dos/Assumptos – principia na página (531) e estende-se à (540) do manuscrito. Segue-se ao índice dos assuntos o índice alfabetado dos poemas, listados a partir da letra com que principia o primeiro verso de cada um deles; o segundo índice estende-se da página (541) à (549). Página (550) em branco.

Depois da página (550), há seis fólios em branco; são as contraguardas posteriores do terceiro volume.

Segue-se às contraguardas a guarda posterior.

Lista dos *incipit* com atualização ortográfica:

Mattos

da Bahia

3º Tomo

Que contem poezias judi-
ciais, correçoês
de picaros,
e desenvolturas
do Poeta

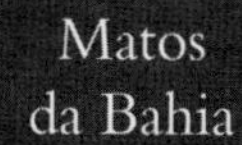

Matos da Bahia

3º Tomo

Que contém poesias judiciais,
correções de pícaros,
e desenvolturas
do Poeta

POESIAS JUDICIAIS

1 [1-2]

QUEIXA-SE o Poeta em que o mundo vai errado, e querendo emendá-lo, o tem por empresa dificultosa.

Soneto

Carregado de mim ando no mundo,
E o grande peso embarga-me as passadas,
Que como ando por vias desusadas,
Faço o peso crescer, e vou-me ao fundo.

O remédio será seguir o imundo
Caminho, onde dos mais vejo as pisadas,
Que as bestas andam juntas mais ornadas,
Do que anda só o engenho mais profundo.

Não é fácil viver entre os insanos,
Erra, quem presumir, que sabe tudo,
Se o atalho não soube dos seus danos.

O prudente varão há de ser mudo,
Que é melhor neste mundo mar de enganos
Ser louco c'os demais, que ser sisudo.

 [2-8]

Expõe esta doutrina com miudeza, e entendimento claro, e se resolve a seguir seu antigo ditame.

Décimas

1
Que néscio, que era eu então,
quando o cuidava, o não era,
mas o tempo, a idade, a era
puderam mais que a razão:
fiei-me na discrição,
e perdi-me, em que me pês,
e agora dando ao través,
vim no cabo a entender,
que o tempo veio a fazer,
o que a razão nunca fez.

2
O tempo me tem mostrado,
que por me não conformar
com o tempo, e c'o lugar
estou de todo arruinado:
na política de estado
nunca houve princípios certos,
e posto que homens espertos
alguns documentos deram,
tudo, o que nisto escreveram,
são contingentes acertos.

3
Muitos por vias erradas
têm acertos mui perfeitos,

muitos por meios direitos,
não dão sem erro as passadas:
cousas tão disparatadas
obra-as a sorte importuna,
que de indignos é coluna,
e se me há de ser preciso
lograr fortuna sem siso,
eu renuncio à fortuna.

4

Para ter por mim bons fados
escuso discretos meios,
que há muitos burros sem freios,
e mui bem afortunados:
logo os que andam bem livrados,
não é própria diligência,
é o céu, e sua influência,
são forças do fado puras,
que põem mentidas figuras
no teatro da prudência.

5

De diques de água cercaram
esta nossa cidadela,
todos se molharam nela,
e todos tontos ficaram:
eu, a quem os céus livraram
desta água fonte de asnia,
fiquei são da fantesia
por meu mal, pois nestes tratos
entre tantos insensatos
por sisudo eu só perdia.

6

Vinham todos em manada
um simples, outro doudete,

este me dava um moquete,
aquel'outro uma punhada:
tá, que sou pessoa honrada,
e um homem de entendimento;
qual honrado, ou qual talento?
foram-me pondo n'um trapo,
vi-me tornado um farrapo,
porque um tolo fará cento.

7
Considerei logo então
os baldões, que padecia,
vagarosamente um dia
com toda a circunspeção:
assentei por conclusão
ser duro de os corrigir,
e livrar do seu poder,
dizendo com grande mágoa:
se me não molho nesta água,
mal posso entre estes viver.

8
Eia, estamos na Bahia,
onde agrada a adulação,
onde a verdade é baldão,
e a virtude hipocrisia:
sigamos esta harmonia
de tão fátua consonância,
e inda que seja ingnorância
seguir erros conhecidos,
sejam-me a mim permitidos,
se em ser besta está a ganância.

9
Alto pois com planta presta
me vou ao Dique botar,

e ou me hei de nele afogar,
ou também hei de ser besta:
do bico do pé à testa
lavei as carnes, e os ossos:
ei-los vêm com alvoroços
todos para mim correndo,
ei-los me abraçam, dizendo,
agora sim, que é dos nossos.

10
Dei por besta em mais valer,
um me serve, outro me presta;
não sou eu de todo besta,
pois tratei de o parecer:
assim vim a merecer
favores, e aplausos tantos
pelos meus néscios encantos,
que enfim, e por derradeiro
fui galo do seu poleiro,
e lhes dava os dias santos.

11
Já sou na terra bem visto,
louvado, e engrandecido,
já passei de aborrecido
ao auge de ser benquisto:
já entre os grandes me alisto,
e amigos são, quanto topo,
estou fábula de Esopo
vendo falar animais,
e falando eu que eles mais,
bebemos todos n'um copo.

12
Seja pois a conclusão,
que eu me pus aqui a escrever,

o que devia fazer,
mas que tal faça, isso não:
decrete a divina mão,
influam malignos fados,
seja eu entre os desgraçados
exemplo da desventura:
não culpem minha cordura,
que eu sei, que são meus pecados.

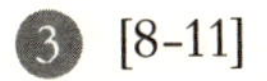

Defende o Poeta por seguro, necessário, e reto seu primeiro intento sobre satirizar os vícios.

Tercetos

Eu sou aquele, que os passados anos
Cantei na minha lira maldizente
Torpezas do Brasil, vícios, e enganos:

E bem que os decantei bastantemente,
Canto segunda vez na mesma lira
O mesmo assunto em plectro diferente.

Já sinto, que me inflama, ou que me inspira
Talia, que Anjo é da minha guarda,
Dês que Apolo mandou, que me assistira.

Arda Baiona, e todo o mundo arda,
Que, a quem de profissão falta à verdade,
Nunca a Dominga das verdades tarda.

Nenhum tempo excetua a Cristandade
Ao pobre pegureiro do Parnaso
Para falar em sua liberdade.

A narração há de igualar ao caso,
E se talvez ao caso não iguala,
Não tenho por Poeta, o que é Pegaso.

De que pode servir calar, quem cala,
Nunca se há de falar, o que se sente?
Sempre se há de sentir, o que se fala!

Qual homem pode haver tão paciente,
Que vendo o triste estado da Bahia,
Não chore, não suspire, e não lamente?

Isto faz a discreta fantesia:
Discorre em um, e outro desconcerto,
Condena o roubo, e increpa a hipocrisia.

O néscio, o ignorante, o inexperto,
Que não elege o bom, nem mau reprova,
Por rudo passa deslumbrado, e incerto.

E quando vê talvez na doce trova
Louvado o bem, e o mal vituperado,
A tudo faz focinho, e nada aprova.

Diz logo prudentaço, e repousado,
Fulano é um satírico, é um louco,
De língua má, de coração danado.

Néscio: se disso entendes nada, ou pouco,
Como mofas com riso, e algazarras
Musas, que estimo ter, quando as invoco?

Se souberas falar, também falaras,
Também satirizaras, se souberas,
E se foras Poeta, poetizaras.

A ignorância dos homens destas eras
Sisudos faz ser uns, outros prudentes,
Que a mudez canoniza bestas feras.

Há bons, por não poder ser insolentes,
Outros há comedidos de medrosos,
Não mordem outros não, por não ter dentes.

Quantos há, que os telhados têm vidrosos,
E deixam de atirar sua pedrada
De sua mesma telha receosos.

Uma só natureza nos foi dada:
Não criou Deus os naturais diversos.
Um só Adão formou, e esse de nada.

Todos somos ruins, todos preversos,
Só nos distingue o vício, e a virtude,
De que uns são comensais, outros adversos.

Quem maior a tiver, do que eu ter pude,
Esse só me censure, esse me note,
Calem-se os mais, chitom, e haja saúde.

4 [11]

Pondo os olhos primeiramente na sua Cidade conhece, que os Mercadores são o primeiro móvel da ruína, em que arde pelas mercadorias inúteis, e enganosas.

Soneto

Triste Bahia! Ó quão dessemelhante
Estás, e estou do nosso antigo estado!
Pobre te vejo a ti, tu a mim empenhado,
Rica te vejo eu já, tu a mim abundante.

A ti tocou-te a máquina mercante,
Que em tua larga barra tem entrado,
A mim foi-me trocando, e tem trocado
Tanto negócio, e tanto negociante.

Deste em dar tanto açúcar excelente
Pelas drogas inúteis, que abelhuda
Simples aceitas do sagaz Brichote.

Ó se quisera Deus, que de repente
Um dia amanheceras tão sisuda
Que fora de algodão o teu capote!

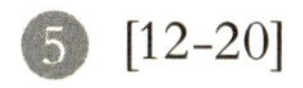

Descreve com mais individuação a fidúcia, com que os estranhos sobem a arruinar sua república.

Romance

Senhora Dona Bahia,
nobre, e opulenta cidade,
madrasta dos Naturais,
e dos Estrangeiros madre.

Dizei-me por vida vossa,
em que fundais o ditame
de exaltar, os que aí vêm,
e abater, os que ali nascem?

Se o fazeis pelo interesse,
de que os estranhos vos gabem,
isso os Paisanos fariam
com duplicadas vantagens.

E suposto que os louvores
em boca própria não cabem,
se tem força esta sentença,
mor força terá a verdade.

O certo é, Pátria minha,
que fostes terra de alarves,
e inda os ressábios vos duram
desse tempo, e dessa idade.

Haverá duzentos anos,
(nem tantos podem contar-se)

que éreis uma aldeia pobre,
e hoje sois rica cidade.

Então vos pisavam Índios,
e vos habitavam cafres,
hoje chispais fidalguias,
arrojando personagens.

A essas personagens vamos,
sobre elas será o debate,
e queira Deus, que o vencer-vos
para envergonhar-vos baste.

Sai um Pobrete de Cristo
de Portugal, ou do Algarve
cheio de drogas alheias
para daí tirar gages:

O tal foi sota-tendeiro
de um cristão-novo em tal parte,
que por aqueles serviços
o despachou a embarcar-se.

Fez-lhe uma carregação
entre amigos, e compadres:
e ei-lo comissário feito
de linhas, lonas, beirames.

Entra pela barra dentro,
dá fundo, e logo a entonar-se
começa a bordo da Nau
c'um vestidinho flamante.

Salta em terra, toma casas,
arma a botica dos trastes,

em casa come Baleia,
na rua entoja manjares.

Vendendo gato por lebre,
antes que quatro anos passem,
já tem tantos mil cruzados,
segundo afirmam Pasguates.

Começam a olhar para ele
os Pais, que já querem dar-lhe
Filha, e dote, porque querem
homem, que coma, e não gaste.

Que esse mal há nos mazombos,
têm tão pouca habilidade,
que o seu dinheiro despendem
para haver de sustentar-se.

Casa-se o meu Matachim,
põe duas Negras, e um Pajem,
uma rede com dous Minas,
chapéu de sol, casas grandes.

Entra logo nos pilouros,
e sai do primeiro lance
Vereador da Bahia,
que é notável dignidade.

Já temos o Canastreiro,
que inda fede a seus beirames,
metamorfósis da terra
transformado em homem grande:
e eis aqui a personagem.

Vem outro do mesmo lote
tão pobre, e tão miserável

vende os retalhos, e tira
comissão com couro, e carne.

C'o principal se levanta,
e tudo emprega no Iguape,
que um engenho, e três fazendas
o têm feito homem grande;
e eis aqui a personagem.

Dentre a chusma, e a canalha
da marítima bagagem
fica às vezes um cristão,
que apenas benzer-se sabe:

Fica em terra resoluto
a entrar na ordem mercante,
troca por côvado, e vara
timão, balestilha, e mares.

Arma-lhe a tenda um ricaço,
que a terra chama Magnate
com pacto de parceria,
que em direito é sociedade:

Com isto a Marinheiraz
do primeiro jacto, ou lance
bota fora o cu breado,
as mãos dissimula em guantes.

Vende o cabedal alheio,
e dá com ele em Levante,
vai, e vem, e ao dar das contas
diminui, e não reparte.

Prende aqui, prende acolá,
nunca falta um bom Compadre,

que entretenha o acredor,
ou faça esperar o Alcaide.

Passa um ano, e outro ano,
esperando, que ele pague,
que uns lhe dão, para que junte,
e outros mais para que engane.

Nunca paga, e sempre come,
e quer o triste Mascate,
que em fazer a sua estrela
o tenham por homem grande.

O que ele fez, foi furtar,
que isso faz qualquer bribante,
tudo o mais lhe fez a terra
sempre propícia aos infames:
e eis aqui a personagem.

Vem um Clérigo idiota,
desmaiado com um jalde,
os vícios com seu bioco,
com seu rebuço as maldades:

Mais Santo do que Mafoma
na crença dos seus Arabes,
Letrado como um Matulo,
e velhaco como um Frade:

Ontem simples Sacerdote,
hoje uma grã dignidade,
ontem salvage notório,
hoje encoberto ignorante.

Ao tal Beato fingido
é força, que o povo aclame,

e os do governo se obriguem,
pois edifica a cidade.

Chovem uns, e chovem outros
com ofícios, e lugares,
e o Beato tudo apanha
por sua muita humildade.

Cresce em dinheiro, e respeito,
vai remetendo as fundagens,
compra toda a sua terra,
com que fica homem grande,
e eis aqui a personagem.

Vêm outros zotes de Réquiem,
que indo tomar o caráter
todo o Reino inteiro cruzam
sobre a chanca viandante.

De uma província para outra
como Dromedários partem,
caminham como camelos,
e comem como salvages:

Mariolas de missal,
lacaios missa-cantante
sacerdotes ao burlesco,
ao sério ganhões de altares.

Chega um destes, toma amo,
que as capelas dos Magnates
são rendas, que Deus criou
para estes Orate frates.

Fazem-lhe certo ordenado,
que é dinheiro na verdade,

que o Papa reserva sempre
das ceas, e dos jantares.

Não se gasta, antes se embolsa,
porque o Reverendo Padre
é do Santo Nicomedes
meritíssimo confrade;
e eis aqui a personagem.

Vëm isto os Filhos da terra,
e entre tanta iniquidade
são tais, que nem inda tomam
licença para queixar-se.

Sempre vëm, e sempre falam,
até que Deus lhes depare,
quem lhes faça de justiça
esta sátira à cidade,

Tão queimada, e destruída
te vejas, torpe cidade,
como Sodoma, e Gomorra
duas cidades infames.

Que eu zombo dos teus vizinhos,
sejam pequenos, ou grandes
gozos, que por natureza
nunca mordem, sempre latem.

Que eu espero entre Paulistas
na divina Majestade,
que a ti São Marçal te queime,
e São Pedro a mim me guarde.

6 [20-23]

Julga prudente, e discretamente aos mesmos por culpados em uma geral fome que houve nesta cidade pelo desgoverno da República, como estranhos nela.

Décimas

1

Toda a cidade derrota
esta fome universal,
uns dão a culpa total
à Câmara, outros à frota:
a frota tudo abarrota
dentro nos escotilhões
a carne, o peixe, os feijões,
e se a Câmara olha, e ri,
porque anda farta até aqui,
é cousa, que me não toca;
Ponto em boca.

2

Se dizem, que o Marinheiro
nos precede a toda a Lei,
porque é serviço d'El-Rei,
concedo, que está primeiro:
mas tenho por mais inteiro
o conselho, que reparte
com igual mão, igual arte
por todos, jantar, e cea:
mas frota com tripa cheia,
e povo com pança oca!
Ponto em boca.

3
A fome me tem já mudo,
que é muda a boca esfaimada;
mas se a frota não traz nada,
por que razão leva tudo?
que o Povo por ser sisudo
largue o ouro, e largue a prata
a uma frota patarata,
que entrando co'a vela cheia,
o lastro que traz de areia,
por lastro de açúcar troca!
Ponto em boca.

4
Se quando vem para cá,
nenhum frete vem ganhar,
quando para lá tornar,
o mesmo não ganhará:
quem o açúcar lhe dá,
perde a caixa, e paga o frete,
porque o ano não promete
mais negócio, que perder
o frete, por se dever,
a caixa, porque se choca:
Ponto em boca.

5
Eles tanto em seu abrigo,
e o povo todo faminto,
ele chora, e eu não minto,
se chorando vo-lo digo:
tem-me cortado o embigo
este nosso General,
por isso de tanto mal
lhe não ponho alguma culpa;

mas se merece desculpa
o respeito, a que provoca,
Ponto em boca.

6
Com justiça pois me torno
à Câmara Nó Senhora,
que pois me trespassa agora,
agora leve o retorno:
praza a Deus, que o caldo morno,
que a mim me fazem cear
da má vaca do jantar
por falta do bom pescado
lhe seja em cristéis lançado;
mas se a saúde lhes toca:
Ponto em boca.

7 [24-27]

No ano de 1686 diminuiram aquele valor, que se havia erguido à moeda, quando o Poeta estava na Corte, onde então com seu alto juízo sentiu mal do Arbitrista que assim aconselhara a El-Rei, que foi o Provedor da moeda chamado Nicolau de tal, a quem fez aquela célebre obra intitulada "Marinículas" o que claramente se deixa ver nestes versos.

"sendo pois o alterar da moeda
o assopro, o arbítrio, o ponto, o ardil
de justiça a meu ver se lhe devem
as honras, que teve Ferraz, e Solís".

Agora com experiência dos males, que padece a República nestas alterações, se jacta de o haver estranhado então: julgando por causa total os ambiciosos Estrangeiros inimigos dos bens alheios.

1
Tratam de diminuir
o dinheiro a meu pesar,
que para a cousa baixar
o melhor meio é subir:
quem via tão alto ir,
como eu vi ir a moeda,
lhe pronosticou a queda,
como eu lha pronostiquei:
dizem, que o mandou El-Rei,

quer creiais, quer não creiais.
Não vos espanteis, que inda lá vem mais.

2
Manda-o a força do fado,
por ser justo, que o dinheiro
baixe a seu valor primeiro
depois de tão levantado:
o que se vir sublimado
por ter mais quatro mangavas,
hão de pesá-lo às oitavas,
e por leve hão de enjeitá-lo:
e se com todo este abalo
por descontentes vos dais,
Não vos espanteis, que inda lá vem mais.

3
As pessoas, de quem rezo,
hão de ser como o ferrolho,
val pouco tomado a olho,
val menos tomado a peso:
os que prezo, e que desprezo
todos serão de uma casta,
e só moços de canastra
entre veras, e entre chanças
com pesos, e com balanças
vão a justiçar os mais:
Não vos espanteis, que inda lá vem mais.

4
Porque como em Maranhão
mandam novelos à praça,
assim vós por esta traça
mandareis o algodão:
haverá permutação,

como ao princípio das gentes,
e todos os contraentes
trocarão droga por droga,
pão por sal, lenha por soga,
vinhas por canaviais:
Não vos espanteis, que inda lá vem mais.

5
Virá a frota para o ano,
e que leve vós agouro
senão tudo a peso de ouro,
a peso tudo de engano:
não é o valor desumano,
que a cada oitava se dá
da prata, que corre cá,
pelo meu fraco conceito,
mas ao cobrar fiel direito,
e oblíquo, quando pagais;
Não vos espanteis, que inda lá vem mais.

6
Bem merece esta cidade
esta aflição, que a assalta,
pois os dinheiros exalta
sem real autoridade:
eu se hei de falar verdade,
o agressor do delito
devia ser só o aflito:
mas se estão tão descansados,
talvez que sejam chamados
nesta frota, que esperais;
Não vos espanteis, que inda lá vem mais.

Torna a definir o Poeta os maus modos de obrar na governança da Bahia, principalmente naquela universal fome, que padecia a cidade.

Epílogos

1

Que falta nesta cidade?	Verdade.
Que mais por sua desonra?	Honra.
Falta mais que se lhe ponha?	Vergonha.

O demo a viver se exponha,
por mais que a fama a exalta,
n'uma cidade, onde falta
Verdade, Honra, Vergonha.

2

Quem a pôs neste socrócio?	Negócio.
Quem causa tal perdição?	Ambição.
E o maior desta loucura?	Usura.

Notável desaventura
de um povo néscio, e sandeu,
que não sabe, que o perdeu
Negócio, Ambição, Usura.

3

Quais são seus doces objetos?	Pretos.
Tem outros bens mais maciços?	Mestiços.
Quais destes lhe são mais gratos?	Mulatos.

Dou ao demo os insensatos,
dou ao demo a gente asnal,
que estima por cabedal
Pretos, Mestiços, Mulatos.

4

Quem faz os círios mesquinhos?	Meirinhos.
Quem faz as farinhas tardas?	Guardas.
Quem as tem nos aposentos?	Sargentos.

Os círios lá vêm aos centos,
e a terra fica esfaimando,
porque os vão atravessando
Meirinhos, Guardas, Sargentos.

5

E que justiça a resguarda?	Bastarda.
É grátis distribuída?	Vendida.
Quem tem, que a todos assusta?	Injusta.

Valha-nos Deus, o que custa,
o que El-Rei nos dá de graça,
que anda a justiça na praça
Bastarda, Vendida, Injusta.

6

Que vai pela clerezia?	Simonia.
E pelos membros da Igreja?	Inveja.
Cuidei, que mais se lhe punha?	Unha.

Sazonada caramunha!
enfim que na Santa Sé
o que se pratica, é
Simonia, Inveja, Unha.

7
E nos frades há manqueiras? Freiras.
Em que ocupam os serões? Sermões.
Não se ocupam em disputas? Putas.

Com palavras dissolutas
me concluís na verdade,
que as lidas todas de um Frade
são Freiras, Sermões, e Putas.

8
O açúcar já se acabou? Baixou.
E o dinheiro se extinguiu? Subiu.
Logo já convalesceu? Morreu.

À Bahia aconteceu
o que a um doente acontece,
cai na cama, o mal lhe cresce,
Baixou, Subiu, e Morreu.

9
A Câmara não acode? Não pode.
Pois não tem todo o poder? Não quer.
É, que o governo a convence? Não vence.

Quem haverá, que tal pense,
que uma Câmara tão nobre
por ver-se mísera, e pobre
Não pode, não quer, não vence.

9 [31-32]

Por aviso celestial daquela grande peste, que chamaram Bicha como o tratou nas poesias discretas do livro 2º à folha 298 apareceu um fúnebre, horroroso, e ensanguentado cometa no ano 1689 poucos dias antes do estrago. Assentavam geralmente, que anunciava esterelidade, fomes, e mortes: porém variavam nos sujeitos delas, como cousa futura.

O Poeta aplica como mais prudente contra os que se assinalavam em escândalos naquele tempo.

Soneto

Se de estéril em fomes dá o cometa,
Não fica no Brasil viva criatura,
Mas ensina do juízo a Escritura,
Cometa não o dar, senão trombeta.

Não creio, que tais fomes nos prometa
Uma estrela barbada em tanta altura;
Prometerá talvez, e porventura
Matar quatro saiões de imprealeta.

Se viera o cometa por coroas,
Como presume muita gente tonta,
Não lhe ficara Clérigo, nem Frade.

Mas ele vem buscar certas pessoas:
Os que roubam o mundo co'a vergonta,
E os que à justiça faltam, e à verdade.

Pertende agora (posto que em vão) desenganar aos Sebastianistas, que aplicavam o dito cometa à vinda do Encoberto.

Soneto

Estamos em noventa era esperada
De todo o Portugal, e mais conquistas,
Bom ano para tantos Bestianistas,
Melhor para iludir tanta burrada.

Vê-se uma estrela pálida, e barbada,
E deduzem agora astrologistas
A vinda d'um Rei morto pelas listas,
Que não sendo dos Magos é estrelada.

Ó quem a um Bestianista perguntara,
Com que razão, ou fundamento, espera
Um Rei, que em guerra d'África acabara?

E se com Deus me dá; eu lhe dissera,
Se o quis restituir, não o matara,
E se o não quis matar, não o escondera.

11 [34-41]

Por ocasião do dito cometa refletindo o Poeta os movimentos que universalmente inquietavam o mundo naquela idade, o sacode geralmente com esta crise.

Décimas

1
Que esteja dando o Francês
camoesas ao Romano,
castanhas ao Castelhano,
e ginjas ao Português:
e que estejam todos três
em uma seisma quieta
reconhecendo esta treta
tanto à vista, sem a ver:
será; mas porém a ser
efeitos são do cometa.

2
Que esteja o Inglês mui quedo
e o Holandês mui ufano,
Portugal cheio de engano,
Castela cheia de medo:
e que o Turco viva ledo
vendo a Europa inquieta,
e que cada qual se meta
em uma cova a temer,
tudo será: mas a ser
efeitos são do cometa.

3
Que esteja o Francês zombando,
e a Índia padecendo,
Itália olhando, e comendo,
Portugal rindo, e chorando:
e que os esteja enganando,
quem sagaz os inquieta,
sem que nada lhe prometa!
Será: mas com mais razão,
segundo a minha opinião
efeitos são do cometa.

4
Que esteja Angola de graça,
o Marzagão cai não cai,
o Brasil feito cambrai,
quando Holanda feita caça:
e que jogue a passa-passa
conosco o Turco Maometa,
e que assim nos acometa!
Será, pois é tão ladino:
porém segundo imagino,
efeitos são do cometa.

5
Que venham os Francinhotes
com engano sorrateiro
a levar-nos o dinheiro
por troco de assobiotes:
que as patacas em pipotes
nos levem à fiveleta!
não sei se nisto me meta!
porém sem meter-me em rodas,
digo, que estas cousas todas
efeitos são do cometa.

6
Que venham homens estranhos
às direitas, e às esquerdas
trazer-nos as suas perdas,
e levar os nossos ganhos!
e que sejamos tamanhos
ignorantes, que nos meta
em debuxos a gazeta!
Será, que tudo é peior:
mas porém seja, o que for,
efeitos são do cometa.

7
Que havendo tantas maldades,
como exprimentado temos,
tantas novidades vemos,
não havendo novidades:
e que estejam as cidades
todas postas em dieta,
mau é: porém por decreta
permissão do mesmo Deus,
se não são pecados meus,
efeitos são do cometa.

8
Que se vejam sem razão
no extremo, em que se veem,
um tostão feito um vintém,
e uma pataca um tostão;
e que estas mudanças vão
fabricadas à curveta,
sem que a ventura prometa
nunca nenhuma melhora!
Será: que pois o céu chora,
efeitos são do cometa.

9
Que o Reino em um estaleiro
esteja, e nesta ocasião
haja pão, não haja pão,
haja, não haja dinheiro:
e que se tome em Aveiro
todo o ouro, e prata invecta
por certa via secreta;
eu não sei, como isto é:
porém já que assim se vê,
efeitos são do cometa.

10
Que haja no mundo, quem tenha
guisados para comer,
e traças para os haver,
não tendo lume, nem lenha:
e que sem renda mantenha
carro, carroça, carreta,
e sem ter adonde os meta,
dentro em si tanto acomode!
Pode ser: porém se pode,
efeitos são do cometa.

11
Que andem os oficiais
como fidalgos vestidos,
e que sejam presumidos
os humildes como os mais:
e que não possam os tais
cavalgar sem a maleta,
e que esteja tão quieta
a cidade, e o povo mudo!
Será: mas sendo assim tudo
efeitos são do cometa.

12
Que se vejam por prazeres,
sem repararem nas fomes
as mulheres feitas homens,
e os homens feitos mulheres:
e que estejam os misteres
enfronhados na baeta,
sem ouvirem a trombeta
do povo, que é um clarim!
Será: porém sendo assim,
efeitos são do cometa.

13
Que vista, quem rendas tem,
galas vistosas por traça,
suposto que bem mal faça,
inda que mal, fará bem:
mas que vista, quem não tem
mais que uma pobre sarjeta,
que lhe vem pela estafeta
por milagre nunca visto!
Será: porém sendo isto,
efeitos são do cometa.

14
Que não veja, o que há de ver
mal no bem, e bem no mal,
e se meta cada qual,
no que não se há de meter:
que queira cada um ser
Capitão sem ter gineta,
sendo ignorante profeta,
sem ver, quem foi, e quem é!
Será: mas pois se não vê,
efeitos são do cometa.

15

Que o pobre, e rico namore,
e que com esta porfia
o pobre alegre se ria,
e que o rico triste chore:
e que o presumido more
em palácio sem boleta,
e por não ter, que lhe meta,
o tenha cheio de vento!
Pode ser: mas ao intento
efeitos são do cometa.

16

Que ande o mundo, como anda,
e que ao som do seu desvelo
uns bailem ao saltarelo,
e os outros à sarabanda:
e que estando tudo à banda,
sendo eu um pobre Poeta,
que nestas cousas me meta,
sem ter licença de Apolo!
Será: porém se eu sou tolo,
efeitos são do cometa.

12 [42-86]

Torna o Poeta a dar outra volta ao mundo com esta Segunda Crise.

1
Que ande o mundo mascarado
jogando conosco o entrudo,
e que cada qual sisudo
ande atrás dele esgalgado!
que nenhum desenganado
este patifão conheça,
e que lhe quebre a cabeça
para ter dele vitória!
Boa história.

2
Mas que alguns queiram viver
vida tão bruta, e tão fera,
como que se não houvera
mais que nascer, e morrer:
que estes mesmos queiram ser
tão nobres, tão absolutos,
como desbocados brutos
correndo pela carreira!
Boa asneira.

3
Que haja Turcos belicosos
filhos da perversidade,
havendo na cristandade
Monarcas tão poderosos:
que não se juntem zelosos

para prostrar seus furores,
mandando-se embaixadores
de eloquência persuasória!
Boa história.

4
Mas que hajam com mais extremos
entre cristãos batizados
sacrílegos, renegados,
ímpios, judeus, e blasfemos:
que algum cristão (como vemos)
dos tais seja muito amigo,
tendo tão grande perigo
de pagar-se-lhe a manqueira!
Boa asneira.

5
Que tantas almas pereçam
hoje entre gentios vários,
por não haver Missionários,
que em convertê-los mereçam:
que muitos não se ofereçam
para esta santa conquista,
bem que o inferno o resista
com sugestão dissuasória!
Boa história.

6
Mas que muitos professores
da lei católica, e santa
se metam pela garganta
dos infernos tragadores:
que por uns tristes amores,
ou por uns negros tostões
vão para eternos tições

lá na hora derradeira!
Boa asneira.

7
Que muitos salvar-se esperem,
os bens alheios devendo,
e uma ocasião retendo,
porque emendar-se não querem:
e que jamais considerem,
que deixar a ocasião
é para uma confissão
circunstância obrigatória:
Boa história.

8
Mas que quando alguns resolvam
confessar os seus delitos,
que hajam tantos imperitos
confessores, que o absolvam:
que com eles se revolvam
no Estígio, que mereceram,
porque estes tais absolveram
sem disposição inteira:
Boa asneira.

9
Que no estado secular,
onde houve mais de mil Santos,
haja hoje tantos, e tantos,
que se não sabem salvar:
que estes não queiram cuidar
na celestial ventura,
havendo uma pena dura,
eterna, e cominatória!
Boa história.

10
Mas que nas Religiões
alguns Frades maus Letrados
sejam de Deus reprovados
pelas suas eleições:
que andam com perturbações
por amor das prelazias,
e depois de breves dias
se acham na estígia caldeira
Boa asneira.

11
Que algum Frade, que se cobre
na santa comunidade,
no tempo, que é pobre frade,
não queira ser frade pobre:
que ao mesmo tempo lhe sobre
o dinheiro equivalente
para alcançar facilmente
a valia impetratória!
Boa história.

12
Mas que um Frade de mais fundo
por causa de certos mandos
se queira meter em bandos,
qual se fora vagabundo:
que podendo ir cá do mundo
ao céu vestido, e calçado,
vá descalço, e remendado
para uma infernal Leoneira!
Boa asneira.

13
Que haja pregador noviço,
que estude alheios sermões,

só para juntar dobrões,
porque os ajunta por isso:
que cuide muito remisso,
que poderá bem pregar
sem teologia estudar,
ou sem saber a oratória!
Boa história.

14
Mas que hajam mais pregadores,
que estudando resolutos,
não tratem de colher frutos,
porém só de escolher flores:
que sendo estes tais doutores
preguem conceitos galantes,
bem como os representantes
na comédia prazenteira!
Boa asneira.

15
Que os rústicos montanheses
não saibam nunca a doutrina,
porque também nunca a ensina
o Pároco a seus fregueses:
que lhes diga muitas vezes
patranhas, e histórias tantas,
mas nunca as palavras Santas,
e a doutrina exortatória!
Boa história.

16
Mas que Amariles mui vã
saiba muito bem de cor,
toda a cartilha de amor,
não a doutrina cristã:

que se vá pela manhã
na quaresma à confissão,
e por não sabê-la então
vá para casa à carreira!
Boa asneira.

17
Que o Juiz pelo respeito
profira a sentença absorto,
fazendo o direito torto,
mas isto a torto, e direito:
que cuide, que pode o feito
no agravo, ou na apelação
melhorar na Relação
só pela conservatória!
Boa história.

18
Mas que o Juiz de ciência
por causa de alguns respeitos
não faça exame nos feitos,
por forrar o da consciência:
que o tal com muita insolência
por descuido, ou por preguiça
não reforme esta injustiça
da sentença lisonjeira!
Boa asneira.

19
Que Juízes mentecaptos
sabendo jurisprudência
castiguem uma inocência
como o fez Pôncio Pilatos:
que para certos contratos
o réu, que a si se condena

absolvam de culpa, e pena
com uma interlocutória!
Boa história.

20
Mas que outros com vozes mudas
levados da vil cobiça
vendam a mesma justiça,
como a vendeu o mau Judas:
que com razões tartamudas
indo de mal em peior
não dëm conta ao confessor
da sentença trapaceira!
Boa asneira.

21
Que o Letrado lisonjeiro
venda, fazendo negaças
em almoeda as trapaças,
e por muito bom dinheiro:
que diga, que é verdadeiro
porque tem famosas partes
pelas suas grandes artes,
pela cota dilatória!
Boa história.

22
Mas que o Ministro o suporte,
porque isto na alçada cabe,
ou pelo que ele só sabe,
tantas dilações não corte:
que primeiro chegue a morte,
e o juízo universal,
do que a sentença final
de uma demanda ligeira!
Boa asneira.

23
Que hajam causas inda assim
na Legacia peiores,
porque entre réus, e entre autores
são causas, que não têm fim:
que se conseguis o fim
de vir em breve um rescrito,
o tempo seja infinito,
e eterna uma compulsória!
Boa história.

24
Mas que alguns com tal porfia
queiram com raivas internas,
sendo a parte post eternas
demandas na Legacia:
que hajam muitos cada dia,
que gastem seus benefícios
simples nestes exercícios
trepando uma, e outra ladeira!
Boa asneira.

25
Que hajam Escrivães que mal leem
Letra, que bem se soletra,
e que fazendo má Letra,
contudo escrevam mui bem:
que a este dando o parabém
as alvíssaras lhe peçam,
e a est'outro logo despeçam
com ficção consolatória!
Boa história.

26
Mas que haja algum, que trabalha
toda a vida sem proveito,

e que logo faça um pleito
sobre dá cá aquela palha:
que queira em civil batalha
perder a fazenda, e vida
nas trapaças consumida,
com quem lhe faz a moedeira!
Boa asneira.

27
Que andem muitos em conjuro
para cometerem vícios,
roubando nos seus ofícios,
e com cartas de seguro:
que estes, dos quais eu murmuro,
não vão todos a enforcar,
só porque sabem roubar
com sua astúcia notória!
Boa história.

28
Mas que andem muitos espertos
esganados como galgos,
por parecerem fidalgos,
sendo ladrões encobertos:
que estando estes mesmos certos,
que os conhecem muito bem,
não se lhes dëm de ninguém,
nem isto lhes dê canseira!
Boa asneira.

29
Que hajam médicos, que tratam
só de jogos, e de amores,
sendo como os caçadores,
que vivem só, do que matam:

que estes, que não se recatam,
venham com pressa esquisita,
vão-se, e está feita a visita
depois da purga expulsória!
Boa história.

30
Mas que outros, que põem à raça,
e se prezam de estafermos,
não o tomando aos enfermos,
só tomem o pulso à casa:
que haja enfermo, que se abrasa
em febre, e dores mortais,
e que se cure com tais,
que só estudam na frasqueira!
Boa asneira.

31
Que hajam Poetas ocultos
nas sombras da poesia,
fugindo da luz do dia,
e que estes se chamem cultos;
que sendo loucos, e estultos,
por natural tenebrosos
queiram, que os chame lustrosos
a fama celebratória!
Boa história.

32
Mas que muitos os defendam
pelos seus gênios bem raros
chamando-os belos, preclaros,
suposto que os não entendam:
que os tais imitar pertendam
a poesia de Angola,

cuja catinga os consola,
qual mandioca negreira!
Boa asneira.

33
Que hajam muitos pertendentes,
só porque têm prendas boas
nas arcas, não nas pessoas,
que a todos fazem presentes:
que consigam diligentes,
quanto quer o seu intento,
por lhes dar merecimento
a carta condenatória!
Boa história.

34
Mas que outros mil alentados,
que andaram pelas campanhas
fazendo muitas façanhas,
andem tão esfrangalhados:
que sendo uns pobres coitados
queiram pertender também,
não se lhes dando a ninguém,
que andassem pela fronteira!
Boa asneira.

35
Que um marido perdulário
perca o dote da mulher,
e depois de pouco ter,
gaste mais do necessário:
que se ponha temerário
depois a gritar com ela,
fazendo-lhe a remo ela
com a praga imprecatória!
Boa história.

36
Mas que outro com tanto estudo
ame a mulher, que lhe agrada,
que o marido mande nada,
mas que a mulher mande tudo:
que se ponha mui sisudo
em casa a lisonjeá-la,
e que depois vá gabá-la
a seus amigos na feira!
Boa asneira.

37
Que um pai a seu filho ensine
a ser vingativo, e vão,
porém nunca a ser cristão,
nem na cartilha o doutrine:
que o tal Pai se determine
a levá-lo por seu rogo
rapaz à casa do jogo
a pôr-se na pasmatória!
Boa história.

38
Mas que outro mais esquisito,
se o filho só andar ousa,
o permita: é bela cousa!
sendo rapaz: é bonito!
que o deixe de pequenito
andar em más companhias
para que ele em breves dias
vá cair na ratoeira!
Boa asneira.

39
Que o Pai pela descendência
do filho, ou do seu aumento

meta a filha n'um convento
freira da conveniência:
que não faça consciência,
se a casá-la o persuade,
de lhe forçar a vontade,
e com ordem peremptória!
Boa história.

40
Mas que o Pai, que filha tem
única, a não vá casar,
por se não desapossar,
se dote lhe pede alguém:
que faça com tal desdém,
que a filha ande às furtadelas
buscando pelas janelas
alguém, que traz cabeleira!
Boa asneira.

41
Que os Pais andem pelos cantos
namorando de contino,
e queiram com este ensino
que os seus filhos sejam Santos:
que eles então façam prantos,
se os vëm mortos n'uma briga,
vindo de casa da amiga,
e da amante parlatória!
Boa história.

42
Mas que hajam Pais de tal sorte,
que seu filho o quer roubar,
o não deixem castigar
para escarmento da Corte:

que se o Ministro de porte
o quer desterrar, então
o Pai chorando o perdão
lhe solicite, e requeira!
Boa asneira.

43
Que a Mãe desde pequenina
ensine a filha a ser vã,
não a doutrina cristã,
sendo cristã sem doutrina:
que a costume de menina
à moda, ao donaire, à gala,
e lhe ensine por amá-la
até cantiga amatória!
Boa história.

44
Mas que outra Mãe sem cautela
a filha crie com vício
sem outro algum exercício
mais, do que o pôr-se à janela:
que queira, que uma donzela
seja honesta, e recolhida,
quando não tem outra vida
mais do que ser janeleira!
Boa asneira.

45
Que alguns queiram Senhoria,
quando aos tais (como se vê)
o tratá-los de mercê
fora muita cortesia:
que ande pois a fidalguia
vendida assim por dinheiro,

como trigo no terreiro,
só porque há nisso vanglória!
Boa história.

46
Mas que outros tendo tostões
pelo jogo, ou pela dama
arrastados pela lama
andam como uns pedinchões:
que gastassem seus dobrões,
porque quiseram jogar,
e só para namorar
com a patifa terceira!
Boa asneira.

47
Que alguns tanto por seu mal
Vistam, (por não ser comuns)
de altos, e ricos tissuns,
destruindo o cabedal:
que com porfia fatal
se mostrem nisso empenhados,
sendo à noite os seus guisados
azeitonas, e chicória!
Boa história.

48
Mas que outros mil à porfia
por toda a vida o dinheiro
ajuntem, que o seu herdeiro
há de gastar n'um só dia:
que andem com melancolia
sem comer, e sem cear
para poder ajuntar
todos cheios de lazeira!
Boa asneira.

49
Que hajam muitos Ateístas,
que pelos costumes seus
não crëm, no que disse Deus
pelos quatro Evangelistas:
que só vivam Dogmatistas,
cuidando por seu prazer,
que há só nascer, e morrer,
não crendo no inferno, e glória!
Boa história.

50
Mas que outros (como se vê)
sejam com hipocrisia
só cristãos por cortesia,
ou fiéis de meia-fé:
que inda que febre lhes dê,
não tratem da confissão,
cuidando, que escaparão
com a amiga à cabeceira!
Boa asneira.

51
Que alguns fantásticos vãos,
aos quais o vício consome,
sendo só cristãos no nome,
queiram nome de cristãos:
que aos céus levantando as mãos
esperam com muita fé,
que Deus os salve, sem que
obra tenham meritória!
Boa história.

52
Mas que hipócritas sandeus
andem rezando, e no cabo

a todos leve o diabo
pelo caminho de Deus:
que pelos rosários seus
queiram ser homens de conta,
sem cuidar na estreita, e pronta,
que hão de dar da vida inteira!
Boa asneira.

53
Que hajam certas mercancias
não de cousas temporais
mas de outras espirituais,
que se chamam simonias:
que haja, quem todos os dias
com modo tão peregrino
seja Ladrão ao divino
com tão falsa narratória!
Boa história.

54
Mas que o rico prebendado,
que postilou nas escolas,
não pague as suas esmolas
ao pobre necessitado:
que por amor do Cunhado,
ou por causa dos Sobrinhos
venha a cair de focinhos
na sempiterna esterqueira!
Boa asneira.

55
Que o rico despreze o pobre,
só porque tem mais vinténs,
sendo o pobre inda sem bens
talvez mais honrado, e nobre:

que por ter dois réis de cobre,
se finja, que vem dos Godos,
quando conhecemos todos,
que é de estirpe pescatória!
Boa história.

56
Mas que o pobre, que não tem,
que comer, ou que gastar,
nem tem sangue, nem solar,
seja soberbo também:
que não tenha um só vintém,
e se inche como pirum,
conhecendo cada um,
que fora a Mãe taverneira!
Boa asneira.

57
Que alguns tanto a gastar venham
na vida de toda a sorte,
que depois chegando a morte,
com que enterrar-se não tenham:
com estes tais, que assim se empenham
em todo o gosto, e prazer,
não cuidem, que hão de morrer,
nem tenham disso memória!
Boa história.

58
Mas que outros com muita lida
edifiquem mausoléus,
mas não morada nos céus,
vãos na morte, e vãos na vida:
que a soberba sem medida
fique em pedras estampada,
e a pobre d'alma coitada

que perneie na fogueira!
Boa asneira.

59
Que aqueles, que não têm renda,
e usam porém de tramoias,
possuam telas, e joias,
como o que tem a comenda:
que com estes não se entenda,
inda que estejam culpados,
mas que sejam celebrados
na lisonja laudatória!
Boa história.

60
Mas que outros com muitos bens
andem (não sei como o diga)
com a sela na barriga
sem ter um par de vinténs:
que padecendo vaivéns
gastem tudo como tolos,
e em doces, e bolinholos
despejem sua algibeira!
Boa asneira.

61
Que os lisonjeiros sem leis
nos palácios muito prontos
aos Reis se vão com mil contos,
por ter mil contos de réis:
que sendo pouco fiéis
tenham glória, e tenham graça
com tão verdadeira traça,
e mentira adulatória!
Boa história.

62
Mas que o pobre jovial
chocarreiro de vis traças
queira com fingidas graças
entrar na graça Real:
que quando ele nada val,
entre assim no valimento,
para o seu requerimento
com a gracinha grosseira!
Boa asneira.

63
Que haja ingratos descuidados,
os quais nunca as graças dão
do benefício, ou pensão,
sendo uns beneficiados:
que estes andem retirados,
de quem lhes faz tanto bem,
porque as graças lhe não dëm,
que é lei remuneratória!
Boa história.

64
Mas que outros muito piores
(quando tal lhes não merecem)
finjam, que eles não conhecem
os seus mesmos benfeitores:
que tendo alguns acredores
queiram livrar do perigo
pelo benfeitor antigo
com a súplica embusteira!
Boa asneira.

65
Que haja muitos, que se pintam
de verdadeira piedade,

os quais falando verdade,
nunca falam, que não mintam:
que estes mesmos não consintam,
que os enganem, mas primeiros
se intitulam verdadeiros
com mentira defensória!
Boa história.

66
Mas que tenham fatal ira,
se os apanham, tendo pronta
a verdade por afronta,
e por crédito a mentira:
que com raiva, que delira,
façam na razão teimosa
a verdade mentirosa,
e a mentira verdadeira!
Boa asneira.

67
Que juradores parleiros
hajam, que sem medo algum
pela manhã em jejum
comam diabos inteiros:
que eles sejam os primeiros
(bem que a verdade não digam)
que o bom crédito consigam
para toda a rogatória!
Boa história.

68
Mas que haja algum, que imprudente
dê credito a seus clamores,
vendo, que são juradores,
pois quem mais jura mais mente:
que logo tão facilmente

se creia com tal loucura,
o que dizem, sendo a jura
da mentira pregoeira!
Boa asneira.

69
Que hajam muitos, que murmurem
daqueles, que estão ausentes,
e os que ali se acham presentes,
que calados os aturem:
que advertidos não procurem
mudar de conversação
fugindo à murmuração
de uma língua infamatória!
Boa história.

70
Mas que outros mil sem receios
não vejam por ter antolhos
a grande trave em seus olhos,
vendo a palha nos alheios:
que estando estes próprios cheios
de lepra, com que se tingem,
olhem para a alheia impingem,
tendo tão grande coceira!
Boa asneira.

71
Que versistas a milhares
queiram só por seu regalo
andar no alado cavalo,
devendo ser alveitares:
que intentem por singulares
todo o aplauso, que mais campa,
e depois saiam na estampa

com uma destampatória!
Boa história.

72
Mas que estes de tão má vea,
quando a ignorância lhes sobra,
saindo mal da sua obra,
se metam em obra alheia:
que quando ess'outra recrea,
por inveja a satirizem,
e que todo o mundo avisem
da sátira frioleira!
Boa asneira.

73
Que hajam mil de escornicoques,
que com satíricos modos
zingando estejam de todos;
e que não temam mil coques:
que falando com remoques,
eles não queiram ser tidos
por toleirões, e atrevidos,
tendo uma língua irrisória!
Boa história.

74
Mas que outros muitos Orates
da venerável igreja
façam casa de cerveja
com risos, e disparates:
que pareçam bonifrates,
as cabeças meneando,
e acenem de quando em quando
à Dama, que está fronteira!
Boa asneira.

75
Que alguém junte cabedais
para testar, ao que em breve
diga: o diabo te leve,
porque não deixastes mais:
e que, a quem com razões tais
ao diabo os encomenda
deixe este a sua fazenda
a principal, e acessória!
Boa história.

76
Mas que outro rico avarento
(bem que ouro, e prata lhe sobre)
não saiba dar nada ao pobre
com moedas cento a cento:
que deixe em seu testamento
tudo ao mais rico vizinho,
ou quando muito ao Sobrinho,
para andar numa liteira!
Boa asneira.

77
Que hajam muitos, que às centenas
entre os amigos, e sócios
façam bem os seus negócios,
cometendo mil onzenas:
que conhecendo-se as penas,
que pelo direito têm,
não os demande ninguém
c'uma carta citatória!
Boa história.

78
Mas que o outro em confiança
diga, que vende o seu trigo

mais barato a seu amigo,
metendo-lhe então a lança:
que o tal lhe faça a fiança
por ser amigo leal,
roubando-lhe o cabedal
essa amizade onzeneira!
Boa asneira.

79
Que haja, quem faltando às Leis
seja traidor por um rogo,
não se lhe dando no jogo
nem de Roques, nem de Reis:
que tenha ambições cruéis
sabendo, que inda que cresça,
não levantará cabeça
pela lei impetratória!
Boa história.

80
Mas inda que se atropele,
e de tal se não desvie,
que haja, quem dele se fie,
e quem se troça por ele:
que não tema a sua pele
vendo, que lha surraram
só pela sua ambição
tão fatal, e interesseira!
Boa asneira.

81
Que hajam muitos pandilheiros,
os quais às mil maravilhas
saibam fazer as pandilhas,
que em Castela são fulheiros:
que só por interesseiros

sejam ladrões mui honrados,
mas nunca são enforcados,
porque isso é graça ilusória!
Boa história.

82
Mas que outros sabendo bem
que há no jogo esta destreza,
só por uma sutileza
entreguem tudo, o que têm:
que o cabedal todo dëm
ao tal, que nesta conquista
os está roubando à vista
d'espacio, mais à ligeira!
Boa asneira.

83
Que andem muitos namorados
qual ave de rama em rama
atrás de uma, e outra Dama
morrendo por seus pecados:
que por ter estes cuidados
andem toda a noite escura
só por dizer com ternura
à Dama a jaculatória!
Boa história.

84
Mas que alguém pague às espias
para ter Freiras devotas,
e depois de mil derrotas
ande pelas portarias:
que ande este todos os dias
com cargas, e sem carreto,
e tendo-se por discreto

seja o burrinho da feira!
Boa asneira.

85
Que os adúlteros adorem
a alheia mulher, que veem,
e não queiram, que também
outros a sua namorem:
que então neste caso implorem
à Justiça, ou à vingança,
e não queiram sem tardança
outra ação acusatória!
Boa história.

86
Mas que uma mulher casada,
sendo o Marido um corisco,
pondo-se a tamanho risco
seja louca enamorada:
que se acaso alguém lhe agrada,
com marido turbulento
busque o seu divertimento
como uma mulher solteira!
Boa asneira.

87
Que ande o moço em mau estado
podendo nos anos seus
ser desposado com Deus,
e não c'o demo amigado:
que não tenha outro cuidado,
mais que em viver absoluto,
tratando só como bruto
desta vida transitória!
Boa história.

88
Mas que o velho, que renova
os seus vícios namorando
vá falar à Dama, quando
anda c'os pés para a cova:
que este mesmo com corcova
queira ser galã narciso
motivando a gente a riso,
cacundo em grande maneira!
Boa asneira.

89
Que hajam muitos medianeiros
do mal, que chamam francês,
os quais em bom português
dos pecados são terceiros:
que estes muito lambareiros
tenham com todos caída,
e levem tão boa vida,
sendo tão criminatória!
Boa história.

90
Mas que estes pobres tolinhos,
de que tratos há no mundo,
caiam no inferno profundo
pelas culpas dos vizinhos:
que por tão feios caminhos
sejam solicitadores,
e se façam Lavradores
de uma infernal sementeira!
Boa asneira.

91
Que os valentões arrojados
andem feitos tranca-ruas

com suas espadas nuas
comendo a gente a bocados:
que os Ministros alentados
se os prendem, quais delinquentes,
digam, que estão inocentes
na sentença executória!
Boa história.

92
Mas que outros andem de noite,
morando perto o Juiz,
roubando, como se diz,
dando em todos muito açoite:
e não haja, quem se afoite
com quadrilhas a agarrá-los,
para um algoz cavalgá-los
com capuz, e com coleira!
Boa asneira.

93
Que alguns, bem que os não encanta
a música celestial,
gastem todo o cabedal
em bons passos de garganta:
que os tais com gula, que espanta,
se o mundo fora guisado
o comeram de um bocado,
qual pequena pepitória!
Boa história.

94
Mas que haja, quem facilmente
dinheiro fie dos tais,
que vai para o vós reais
logo todo incontinente:

que o credor cuide contente,
que bem empregado está,
estando o dinheiro já
em casa da confeiteira!
Boa asneira.

95
Que andem muitos à porfia,
que merecem muito açoite,
fazendo do dia noite,
da noite fazendo dia:
que durmam com demasia
té o dia anoitecer,
querendo assim bem viver,
mas com vida implicatória!
Boa história.

96
Mas que outros com muito espanto
trabalhem sempre à porfia,
isto todo o santo dia,
inda sendo o dia Santo:
que tenham trabalho tanto
para poder ajuntar,
não tendo para testar
nem herdeiro, nem herdeira!
Boa asneira.

97
Que haja alguns, que se consomem
inda com vício mais feio,
que por não comer o alheio
logo de inveja se comem:
que sua ambição não domem,
e que dos outros o aumento
aos tais sirva de tormento

com pena meditatória!
Boa história.

98
Mas que outros, que se desfazem,
porque não têm sendo nobres,
façam muito por ser pobres,
isto porque nada fazem:
que com fome estes se abrasem,
que tanto mal ocasiona,
sendo a preguiça potrona
da pobreza companheira!
Boa asneira.

99
Que alguém que aqui se consome
com a sátira abundante,
diga, que está mui picante,
mas quem se queima, alhos come:
que este por si mesmo a tome,
quando eu falando bem claro,
a ninguém hoje declaro
nesta carta monitória!
Boa história.

100
Mas que outros por vários modos
satirizem muito bem,
e sem monir a ninguém
queiram declarar a todos:
que estes tais com mil apodos
assim queiram ganhar fama,
quando a dos outros se infama,
levantada tal poeira!
Boa asneira.

101
Que haja sem livros Letrado,
homem, que é pobre, com teima,
poeta, sem muita fleima,
e sem muleta aleijado:
que haja sem funda quebrado,
estudante sem estudo,
cavalheiro sem escudo,
e mestre sem palmatória!
Boa história.

102
Mas que haja nos fracos ira,
e nos que são pobres gula,
que haja médico sem mula,
e fidalgo com mentira:
que haja espingarda sem mira,
sem tesoura cirurgião,
com partidos matacão,
e sem contas merceeira!
Boa asneira.

103
E que eu também queira enfim
no poético exercício,
que entre outros do mesmo ofício
algum diga bem de mim:
que não tema algum malsim,
que fiscalize os meus versos,
e com apodos diversos
diga, que têm muita escória!
Boa história.

104
Mas que eu mesmo furibundo
nisto, que hoje aqui pertendo,

quando a mim me não entendo,
intente emendar o mundo:
que não tendo muito fundo,
para que possa falar,
quanto mais para emendar,
fundar tais acentos queira!
Boa asneira.

105

Que os consoantes se acabem,
tendo eu muito, que escrever,
e de outros mais que dizer,
para que nenhuns se gabem:
que as cousas, que aqui não cabem,
eu as haja de calar,
porque as não pode explicar
minha Musa exortatória!
Boa história.

106

Mas que eu fizesse hoje estudo
para cousas importantes,
por estéreis consoantes,
que não podem dizer tudo:
que algum diga carrancudo,
quando escrevo para todos,
que não falo em cultos modos,
mas em frase corriqueira!
Boa asneira.

Novas do mundo, que lhe pediu por carta um amigo de fora em ocasião da frota.

Soneto

França está mui doente das ilhargas,
Inglaterra tem dores de cabeça,
Purga-se Holanda, e temo lhe aconteça
Ficar debilitada com descargas.

Alemanha lhe aplica ervas amargas,
Botões de fogo, com que convalesça.
Espanha não lhe dá, que este mal cresça.
Portugal tem saúde, e forças largas.

Morre Constantinopla, está ungida.
Veneza engorda, e toma forças dobres,
Roma está bem, e toda a Igreja boa.

Europa anda de humores mal regida.
Na América arribaram muitos pobres.
Estas as novas são, que há de Lisboa.

14 [87-89]

Ajuíza as diferenças, e total divórcio de Portugal com Castela profetizadas muito antes pelos prudentes.

MOTE
Portugal, e mais Castela
nunca foram bem casados;
agora estão separados,
dizem, que as causas deu ela.

Glosa

1
Tão por força, e sem razão
não pode haver bem casados,
nem de ânimos encontrados
se fez perfeita união:
quis casar Dona Ambição
por traças, e com cautela,
mas ouvindo dele, e dela
o mundo as cousas, a fama
diz, que hão de brigar na cama
Portugal, e mais Castela.

2
Porém já depois de feito
este inválido contrato
Portugal pelo mau trato
conhece as causas do efeito:
que se uns casam por respeito,
outros de amor obrigados,
Castela só por cruzados
se casou com Portugal,

mas como a causa foi tal,
Nunca foram bem casados.

3
Foi por força recebido
o Noivo de outro jurado,
e se ficou mal casado,
justamente é dividido:
veio a ser restituído
por caminhos não cuidados,
porque bens não esperados
têm diferente valia,
e estes, que a fortuna unia,
Agora estão separados.

4
O tempo desordenado
se ordenou em caso tal,
ficou livre Portugal
com clandestino julgado:
que se por caso há intentado
desquitar-se com cautela,
foi o ver-se livre dela
por inspiração divina,
porém de Espanha a ruína,
Dizem, que as causas deu ela.

15 [90-93]

Em tempo que governava esta Cidade da Bahia o Marquês das Minas ajuíza o Poeta com sutileza de homem sagaz, e entendido o fogo salvagem, que por meio da urbanidade se introduziu em certa casa.

1
Cansado de vos pregar
cultíssimas profecias,
quero das culteranias
hoje o hábito enforcar:
de que serve arrebentar,
por quem de mim não tem mágoa?
verdades direi como água,
porque todos entendais
os ladinos, e os boçais
a Musa praguejadora.
Entendeis-me agora?

2
O falar de intercadência
entre silêncio, e palavra,
crer, que a testa se vos abra,
e encaixar-vos, que é prudência:
alerta homens de Ciência,
que quer o Xisgaravis,
que aquilo, que vos não diz
por lho impedir a rudeza,
avalieis madureza,
sendo ignorância traidora.
Entendeis-me agora?

3
Se notais ao mentecapto
a compra do Conselheiro,
o que nos custa dinheiro,
isso nos sai mais barato:
e se da mesa do trato,
de bolsa, ou da companhia
virdes levar Senhoria
mecânicos deputados;
crede, que nos seus cruzados
sangue esclarecido mora.
Entendeis-me agora?

4
Se hoje vos fala de perna,
quem ontem não pôde ter
ramo, de quem descender
mais que o da sua taverna:
tende paciência interna,
que foi sempre Dom Dinheiro
poderoso Cavalheiro,
que com poderes iguais
faz iguais aos desiguais,
e Conde ao vilão cad'hora.
Entendeis-me agora?

5
Se na comédia, ou sainete
virdes, que um Dom Fidalgote
lhe dá no seu camarote
a xícara de sorvete:
havei dó do coitadete,
pois n'uma xícara só
seu dinheiro bebe em pó,
que o Senhor (cousa é sabida)

lhe dá a chupar a bebida,
para chupá-la n'um'hora.
Entendeis-me agora?

6
Não reputeis por favor,
nem tomeis por maravilha
vê-lo jogar a espadilha
c'o Marquês, c'o grão Senhor:
porque como é perdedor,
e mofino adredemente,
e faz um sangue excelente
a qualquer dos ganhadores,
qualquer daqueles Senhores
por fidalgo igual o adora.
Entendeis-me agora.

16 [93-101]

Com vista clara sacode os entremetidos, mencionando alguns de seus patrícios, que mais o enfadavam.

1
Como nada vëm
e andam sempre aos tombos
querem os mazombos
que eu cegue também:
não temo ninguém,
e se os Matulões
hão medo às prisões,
eu sou de corona:
forro minha cona.

2
Olhem para a terra,
que está nestes anos
gafa de maganos,
que El-Rei os desterra:
o pano da Serra
em sedas trocou,
quem lá sempre andou
em uma atafona:
forro minha cona.

3
Verão um sandeu
que quer sem disputa
ser filho da puta,
por não ser Judeu:
se hábitos perdeu

por ser cristão-novo,
a mim todo o povo
de velho me abona:
forro minha cona.

4
Aquele é de ver,
que apuros aqueles
explica por eles,
quanto quer dizer:
não posso sofrer
que um tangurumanga
use de pendanga
com língua asneirona:
forro minha cona.

5
Verão um jumento
de figura rara,
que anda sempre à vara,
por lhe darem vento:
Notável portento
neste tal se enxerga,
pois traz a xumberga
à barba capona:
forro minha cona.

6
Verão um vilão
nado na montanha,
farto de castanha,
faminto de pão:
e se bem à mão
com bois, e arado
cultivou o prado

de Flora, e Pamona:
forro minha cona.

7
Clérigo verão,
que porque em Cantabra
nasceu de uma cabra,
cresceu a cabrão:
Tão fino ladrão,
que té a Filha alheia
com ser cananea
furta à mãe putona;
forro minha cona.

8
Verão um Doutor
em Judá nascido
mais entremetido,
que um grande fedor:
grande assistidor
de Igreja festeira,
que ao longe lhe cheira
como mangerona:
forro minha cona.

9
Verão um Galego
grande salvajola,
veste à mariola,
anda ao palacego:
fidalgo noroego
em cruz de Calvário,
que um certo falsário
nos peitos lhe entona:
forro minha cona.

10
Verão o inocente,
que a fidalgo vai
e calando o Pai
a Mãe diz somente:
a este impertinente
lembre-lhe o Godim
do Pai matachim,
e a Mãe vendilhona;
forro minha cona.

11
Verão um Pasguate
monstro de ouro, e prata,
que sendo uma pata,
é filho de um gato:
a renda de um trato
pôs por seu regalo
um burro a cavalo
de sela mamona:
forro minha cona.

12
Entre outros ladrões
verão um Letrado
na mente graduado
de quatro asneirões:
na cara pontões
na idea nem ponto,
e ou tonto, ou não tonto
de rico blasona:
forro minha cona.

13
Verão um alvar
fidalgo rendeiro,

que o Pai Sapateiro
lhe fez o solar:
Cônego ultramar
por duas patacas
ferrou ontem atacas
e hoje se entona:
forro minha cona.

14
Verão outro Zote,
a quem Satanás
por culpas de atrás
fará galeote:
o tal sacerdote
só prega a doutrina
da lei culatrina,
que ensina, e abona:
forro minha cona

15
Verão um Guinéu
Moço assalvajado,
fidalgo estirado
por quedas, que deu:
o Góis lhe meteu
sogro de seu jeito
a torto, e direito
nobreza sevona:
forro minha cona.

16
Verão um Gavacho
com sede tamanha,
que a palma se ganha
ao maior borracho:

beca sem empacho,
que no mar caiu,
e o mar lhe fugiu
por ser borrachona:
forro minha cona

17
Verão outrossim
entregue ao diabo
um esfola-rabo
pobre colomim:
mau vilão ruim,
duas caras traz
ambas muito más,
que tudo inficiona;
forro minha cona.

18
Verão borundangas
que o mundo podia
vender à Bahia
três mil bugigangas:
figurões de mangas
que não vi em meus dias
nas tapeçarias
de Rasa, e Pamplona:
forro minha cona.

 [101-111]

Satiriza o Poeta alegoricamente alguns ladrões, que mais se assinalavam na República, abominando a variedade, e o modo de furtar.

Romance

Ontem, Nise, à prima noite
vi sobre o vosso telhado
assentados em cabido
cinco, ou seis formosos gatos.

Estava a noite mui clara,
fazia um luar galhardo,
e porque tudo vos diga,
estava eu em vós cuidando.

O Presidente, ou Deão
na Cumeeira sentado
era um gato macilento
barbirruço, e carichato.

Os demais em boa ordem
pela cumeeira abaixo
lavandeiros de si mesmos
lavavam punhos, e rabos.

Tão profundo era o silêncio,
que não se ouvia um miau,
e o Deão o interrompeu
dando um mio acatarrado.

Tossiu, tossiu, e não pôde
articular um miau,
que de puro penitente
traz sempre o peito cerrado.

Eis que um gatinho reinol
mui estítico, e mui magro
relambido de feições,
e de tono afalsetado:

Quis por primeiro falar,
e falara em todo o caso,
se outro gato casquiduro
lhe não saíra aos embargos.

Eu sou gato de um meirinho
(disse) que pelos telhados
vim fugindo a todo o trote
do poder de um saibam-quantos.

Com que venho a concluir,
que servindo a tais dous amos,
hei de falar por primeiro,
porque sou gato dos gatos.

Fale, disse o Presidente,
pois lhe toca por anciano;
e ele tomando-lhe a vênia,
foi o seu conto contando.

Em casa deste Escrivão
me criei com tal regalo,
que os demais gatos da casa
eram comigo uns bichanos.

Mas cresci, e aborreci,
porque se cumpra o adágio,
que o oficial do mesmo ofício
é inimigo declarado.

Foi-me tomando tal ódio,
porque foi vendo, e notando,
que era capaz eu de dar-lhe
até no ofício um gataço.

Topou-me em uns entreforros,
e tirando-me porraços,
eu lhe miava os narizes,
quando ele me enchia os quartos.

Fugi, como tenho dito,
e me acolhi ao sagrado
de uma vara de justiça,
que é valhacouto de gatos.

Sai meu amo aos prendimentos,
e eu fico em casa encerrado
por caçador de balcões,
onde jejuo o trespasso.

Porque em casa de um Meirinho
nas suas arcas, e armários
é quaresma toda a vida,
e têmporas todo o ano.

Não posso comer ratinhos,
porque cuido, e não me engano,
que de meu amo são todos
ou parentes, ou paisanos.

Porque os ratinhos do Douro
são grandíssimos velhacos:
em Portugal são ratinhos,
e cá no Brasil são gatos.

Eu sou gato virtuoso,
que a puro jejum sou magro,
não como, por não ter quê,
não furto, por não ter quando.

E como sobra isto hoje,
para me terem por Santo,
venho pedir, que me ponham
no Calendário dos gatos.

Acabada esta parlenda
mui ético do espinhaço
sobre a muleta das pernas
se levantou outro gato:

Dizendo; há anos, que sirvo
na casa de um Boticário,
que a récipe de pancadas
me tem os bofes purgado.

Queixa-se, que lhe comi
um boião de unguento branco,
e bebi-lhe a mesma noite
um canjirão de ruibarbo.

Diz bem, porque assim passou;
mas eu fiquei tão passado
como de tal solutivo
dirá qualquer mata-sanos.

Fiquei de humores exangue,
tão escorrido, e exausto,
que não sou gato de humor,
porque nem bom, nem mau gasto.

Suplico ao Senhor Cabido,
que de um homem tão malvado
me vingue com ter saúde,
por não gastar os emplastos.

Apenas este acabou,
quando se ergueu outro gato,
e entoando o jube dominem
disse humilde, e mesurado:

Meu amo é um bom Alfaiate
gerado sobre um telhado
na maior força do inverno,
alcoviteiro dos gatos.

É pardo rajado em preto,
ou preto embutido em pardo,
malhado, ou já malhadiço
do tempo, em que fora escravo.

Tão caçador das ourelas,
tão meador dos retalhos,
que com onças de retrós
brinca qual gato com ratos.

E porque eu com dous fios
joguei o sapateado,
houve de haver por tão pouco
uma de todos os diabos.

Estrugiu-me a puros gritos,
e plantou-me no pedrado;
de pelo cabo é cão,
e eu fiquei gato por cabo.

Que de verdades dissera,
a estar menos indignado!
mas para falar de um cão
é mui suspeitoso um gato.

Pelo menos quando eu corto,
nunca dobro a tela em quatro,
por dar um colete ao demo,
e outro a mim pelo trabalho.

Nem menos peço dinheiro
para retrós, e o não gasto,
porque o gavetão do cisco
me dá o retrós necessário.

Não cirzo côvado, e meio
por dar um colete ao diabo,
nem vendo de tela fina
retalhinhos de três palmos.

Tudo enfim se há de saber
no universal cadafalso,
que no tribunal de Deus
não se estilam secretários.

Requeiro a vossas mercês,
que me ponham com outro amo,
porque com este hei de estar
sempre como cão com gato.

À vista deste Alfaiate
disse o Cabido espantado,
somos nós gatos mirins,
que inda agora engatinhamos.

O gato tome outro amo
em qualquer convento honrado,
seja Fundador Barbônio,
ou Sacristão-mor do Carmo.

A propósito do que
se foi erguendo outro gato,
e amortalhado de mãos
armou os lombos em arco:

E dizendo o jube dominem
se pôs em terra prostrado:
e eu disse logo: me matem,
se não é dos Franciscanos.

Sou gato do refeitório,
disse, há três, ou quatro anos,
pajem do refeitoreiro,
do despenseiro criado.

Fui Custódio da cozinha,
e dei má conta do cargo,
porque sisando rações,
fui guardião dos traçalhos.

Eu era por outro tempo
mui gordo, e mui anafado,
porque os da esmola então vinham
despejar-me em casa os sacos.

Mas hoje, que já da rua
vêm c'os bolsos despejados,
veio a ser o refeitório
uma Tebaida de gatos.

Não pode o pão das esmolas
manter tantos Remendados,
que em lhe manter as amigas
(sendo infinitas) faz arto.

Dei com isto entisicar-me,
e esburgar-me do espinhaço,
não tanto já de faminto,
quanto de escandalizado.

Não posso viver entre homens,
que se remendam seus panos,
é mais por nos enganar,
que porque lhes dure o ano.

E hoje, que na casa nova
gastam tantos mil cruzados,
são gatos de maior dura,
pois de pedra, e cal são gatos.

Palavras não eram ditas,
quando zunindo, e silvando
sentiram pelas orelhas
um chuveiro de bastardos.

E logo atrás disso um tiro
de um bacamarte atacado
que disparou de um quintal
um malfazejo soldado.

Descompôs-se a audiência,
e cada qual por seu cabo
pela campanha dos ares
foram de telha em telhado.

E depois que légua e meia
tinha cada qual andado,
parando, olharam atrás
atônitos, e assustados.

E vendo-se desunidos,
confusos, desarranchados,
usaram de contra-senha
miau aqui, ali miau.

Mas depois, que se juntaram,
disse um gato castelhano,
cada qual a su cabana,
que hoje de boa escapamos.

Chuviscou naquele instante,
e safaram-se de um salto,
porque sempre da água fria
tem medo o gato escaldado.

18 [112-116]

Sacode a outros, que pecavam na presunção, e atrevimento indigno.

Letras

1

Um vendelhão baixo, e vil
de cornos pôs uma tenda,
e confiado, em que os venda,
corre por todo o Brasil:
para mim de tantos mil
lhe mandei, que me guardasse,
se verdade não falasse
em sobrosso, e com sojorno:
Um corno.

2

Para o Alcaide ladrão
com despejo, e sem temor,
que na mão leva o Doutor,
na barriga a Relação:
indo à casa de um Sansão
entra audaz, e confiado,
e faz penhora no estado
da mulher, e seu adornos:
dois cornos.

3

Para o escrivão falsário,
que sem chegar-lhe a pousada,
dando a parte por citada,

dá fé, e cobra o salário:
e sendo o feito ordinário,
como corre à revelia,
sai a sentença n'um dia
mais amarga que piornos:
três cornos.

4
Para o Julgador Orate
ignorante, e fanfarrão,
que sendo Conde de Unhão,
já quer ser Marquês de Unhate:
e por qualquer dou-te, ou dá-te
resolve do invés um feito
e assola a torto, e direito
a cidade, e seus contornos:
quatro cornos.

5
Para o Judas Macabeu,
que porque na tribo estriba,
foi de Capitão a Escriba,
e de Escriba a Fariseu:
pois no ofício se meteu
a efeito só de comer,
sufrágios, que em vez de os ter,
quer antes arder em fornos:
cinco cornos.

6
Para o bêbado mestiço,
e fidalgo atravessado,
que tendo o pernil tostado,
cuida, que é branco castiço:
e de flatos enfermiço

se ataca de jeribita,
crendo, que os flatos lhe quita,
quando os vomita em retornos:
seis cornos.

7
Para o Cônego observante
todo o dia, e toda a hora,
cuja carne é pecadora
das completas por diante:
cara de disciplinante,
queixadas de penitente,
e qualquer jimbo corrente
serve para seus subornos:
sete cornos.

8
Para as Damas da Cidade
Brancas, Mulatas, e Pretas,
que com sortílegas tretas
roubam toda a liberdade:
e equivocando a verdade
dizem, que são um feitiço,
não o tendo em o cortiço
tanto como caldos mornos:
Oito cornos.

9
Para o Frade confessor,
que ouvindo um pecado horrendo
se vai, pasmado benzendo,
fugindo do pecador:
e sendo talvez peior
do que eu, não quer absolver-me,
talvez porque inveja ver-me

com tão torpes desadornos:
nove cornos.

10
Para o Pregador horrendo,
que a Igreja esturgindo a gritos,
nem ele entende os seus ditos,
nem eu também os entendo:
e a vida, que está vivendo,
é lá por outra medida,
e a mim me giza uma vida
mais amarga, que piornos:
dez cornos.

11
Para o Santo da Bahia,
que murmura do meu verso,
sendo ele tão perverso,
que a saber fazer faria:
e quando a minha Talia
lhe chega às mãos, e ouvidos
faz na cidade alaridos,
e vai gostá-la aos contornos:
mil cornos.

19 [117-119]

Santigua-se o Poeta contra outros pataratas avarentos, injustos, hipócritas, murmuradores, e por várias maneiras viciosos, o que tudo julga em sua pátria.

Letras

1
Destes, que campam no mundo
sem ter engenho profundo,
e entre gabos dos amigos
os vemos em papa-figos
sem tempestade, nem vento:
Anjo Bento.

2
De quem com Letras secretas
tudo, o que alcança é por tretas,
baculejando sem pejo
por matar o seu desejo
desde manhã até a tarde:
Deus me guarde.

3
Do que passea farfante
muito prezado de amante,
por fora luvas, galões,
insígnias, armas, bastões,
por dentro pão bolorento:
Anjo Bento.

4
Destes beatos fingidos
cabisbaixos, encolhidos,
por dentro fatais maganos,
sendo nas caras uns Janos,
que fazem do vício alarde:
Deus me guarde.

5
Que vejamos teso andar,
quem mal sabe engatinhar,
mui inteiro, e presumido,
ficando o outro abatido
com maior merecimento:
Anjo Bento.

6
Destes avaros mofinos,
que põem na mesa pepinos
de toda a iguaria isenta,
com seu limão, e pimenta,
porque diz que queima, e arde:
Deus me guarde.

7
Que pregue um douto sermão
um alarve, um asneirão,
e que esgrima em demasia,
quem nunca já na Sofia
soube pôr um argumento:
Anjo Bento.

8
Deste Santo emascarado,
que fala do meu pecado,

e se tem por Santo Antônio,
mas em lutas c'o demônio
se mostra sempre cobarde:
Deus me guarde.

9

Que atropelando a justiça
só com virtude postiça
se premie o delinquente,
castigando o inocente
por um leve pensamento:
Anjo Bento.

20 [120-123]

Contra outros satirizados de várias penas, que o atribuíam ao Poeta, negando-lhe a capacidade de louvar.

Epigramas

1
Saiu a sátira má,
e empurraram-ma os preversos
que nisto de fazer versos
eu só tenho jeito cá:
n'outras obras de talento
eu sou só o asneirão,
em sendo sátira, então
eu só tenho entendimento.

2
Acabou-se a Sé, e envolto
na obra o Sete Carreiras
enfermou de caganeiras,
e fez muito verso solto:
tu, que o Poeta motejas,
sabe, que andou acertado
que pôr na obra louvado
é costume das Igrejas.

3
Correm-se muitos carneiros
na festa das Onze mil,
e eu com notável ardil

não vou ver os cavaleiros:
não vou ver, e não se espantem,
que algum testemunho temo,
sou velho, pelo que gemo,
não quero, que m'o levantem.

4
Querem-me aqui todos mal,
mas eu quero mal a todos,
eles, e eu por nossos modos
nos pagamos tal por qual:
e querendo eu mal a quantos
me têm ódio tão veemente
o meu ódio é mais valente,
pois sou só, e eles são tantos.

5
Algum amigo, que tenho,
(se é, que tenho algum amigo)
me aconselha, que, o que digo,
o cale com todo o empenho:
este me diz, diz-me est'outro,
que me não fie daquele,
que farei, se me diz dele,
que me não fie aquel'outro.

6
O Prelado com bons modos
visitou toda a cidade,
é cortesão na verdade,
pois nos visitou a todos:
visitou à pura escrita
o Povo, e seus comarcãos,
e os réus de mui cortesãos
hão de pagar a visita.

7
A Cidade me provoca
com virtudes tão comuas:
há tantas cruzes nas ruas,
quantas eu faço na boca:
os diabos a seu centro
foi cada um por seu cabo,
nas ruas não há um diabo,
há os das portas adentro.

8
As damas de toda a cor
como tão pobre me vëm,
as mais lástima me têm,
as menos me têm amor:
o que me tem admirado
é, fecharam-me o poleiro
logo acabado o dinheiro,
deviam ter-mo contado.

Queixa-se à Bahia por seu bastante Procurador, confessando, que as culpas, que lhe increpam, não são suas, mas sim dos viciosos moradores, que em si alverga.

Romance

Já que me põem a tormento
murmuradores nocivos,
carregando sobre mim
suas culpas, e delitos:

Por crédito de meu nome,
e não por temer castigo
confessar quero os pecados,
que faço, e que patrocino.

E se alguém tiver a mal
descobrir este sigilo,
não me infame, que eu serei
pedra em poço, ou seixo em rio.

Sabei, céu, sabei, estrelas,
escutai, flores, e lírios,
montes, serras, peixes, aves,
luz, sol, mortos, e vivos:

Que não há, nem pode haver
desde o Sul ao Norte frio
cidade com mais maldades,
nem província com mais vícios:

Do que sou eu, porque em mim
recopilados, e unidos
estão juntos, quantos têm
mundos, e reinos distintos.

Tenho Turcos, tenho Persas
homens de nação impios
Magores, Armênios, Gregos,
infiéis, e outros gentios.

Tenho ousados Mermidônios,
tenho Judeus, tenho Assírios,
e de quantas castas há,
muito tenho, e muito abrigo.

E se não digam aqueles
prezados de vingativos,
que santidade têm mais,
que um Turco, e um Moabito?

Digam Idólatras falsos,
que estou vendo de contino,
adorarem ao dinheiro,
gula, ambição, e amoricos.

Quantos com capa cristã
professam o judaísmo,
mostrando hipocritamente
devoção à Lei de Cristo!

Quantos com pele de ovelha
são lobos enfurecidos,
ladrões, falsos, e aleivosos,
embusteiros, e assassinos!

Estes por seu mau viver
sempre péssimo, e nocivo

são, os que me acusam danos,
e põem labéus inauditos.

Mas o que mais me atormenta,
é ver, que os contemplativos,
sabendo a minha inocência,
dão a seu mentir ouvidos.

Até os mesmos culpados
têm tomado por capricho,
para mais me difamarem,
porem pela praça escritos.

Onde escrevem sem vergonha
não só brancos, mas mestiços,
que para os bons sou inferno,
e para os maus paraíso.

Ó velhacos insolentes,
ingratos, mal procedidos,
se eu sou essa, que dizeis,
porque não largais meu sítio?

Por que habitais em tal terra,
podendo em melhor abrigo?
eu pego em vós? eu vos rogo?
respondei! dizei, malditos!

Mandei acaso chamar-vos
ou por carta, ou por aviso?
não viestes para aqui
por vosso livre alvedrio?

A todos não dei entrada,
tratando-vos como a filhos?

que razão tendes agora
de difamar-me atrevidos?

Meus males, de quem procedem?
não é de vós? claro é isso:
que eu não faço mal a nada
por ser terra, e mato arisco.

Se me lançais má semente,
como quereis fruito limpo?
lançai-a boa, e vereis,
se vos dou cachos opimos.

Eu me lembro, que algum tempo
(isto foi no meu princípio)
a semente, que me davam,
era boa, e de bom trigo.

Por cuja causa meus campos
produziam pomos lindos,
de que ainda se conservam
alguns remotos indícios.

Mas depois que vós viestes
carregados como ouriços
de sementes invejosas,
e legumes de maus vícios:

Logo declinei convosco,
e tal volta tenho tido,
que, o que produzia rosas,
hoje só produz espinhos.

Mas para que se conheça
se falo verdade, ou minto,

e, quanto os vossos enganos
têm difamado o meu brio:

Confessar quero de plano,
o que encubro por servir-vos
e saiba, quem me moteja,
os prêmios, que ganho nisso.

Já que fui tão pouco atenta,
que a luz da razão, e o siso
não só quis cegar por gosto,
mas ser do mundo ludíbrio.

Vós me ensinastes a ser
das inconstâncias arquivo,
pois nem as pedras, que gero,
guardam fé aos edifícios.

Por vosso respeito dei
campo franco, e grande auxílio
para que se quebrantassem
os mandamentos divinos.

Cada um por suas obras
conhecerá, quem eu xingo,
sem andar excogitando,
para quem se aponta o tiro.

Preceito

1
Que de quilombos que tenho
com mestres superlativos,

nos quais se ensinam de noite
os calundus, e feitiços.

Com devoção os frequentam
mil sujeitos femininos,
e também muitos barbados,
que se prezam de narcisos.

Ventura dizem, que buscam;
não se viu maior delírio!
eu, que os ouço, vejo, e calo
por não poder diverti-los.

O que sei, é, que em tais danças
Satanás anda metido,
e que só tal padre-mestre
pode ensinar tais delírios.

Não há mulher desprezada,
galã desfavorecido,
que deixe de ir ao quilombo
dançar o seu bocadinho.

E gastam belas patacas
com os mestres de cachimbo,
que são todos jubilados
em depenar tais patinhos.

E quando vão confessar-se,
encobrem aos Padres isto,
porque o têm por passatempo,
por costume, ou por estilo.

Em cumprir as penitências
rebeldes são, e remissos,

e muito peior se as tais
são de jejuns, e cilícios.

A muitos ouço gemer
com pesar muito excessivo,
não pelo horror do pecado,
mas sim por não consegui-lo.

Preceito

2
No que toca aos juramentos,
de mim para mim me admiro
por ver a facilidade,
com que os vão dar a juízo.

Ou porque ganham dinheiro,
por vingança, ou pelo amigo,
e sempre juram conformes,
sem discreparem do artigo.

Dizem, que falam verdade,
mas eu pelo que imagino,
nenhum, creio, que a conhece,
nem sabe seus aforismos.

Até nos confessionários
se justificam mentindo
com pretextos enganosos,
e com rodeios fingidos.

Também aqueles, a quem
dão cargos, e dão ofícios,
suponho, que juram falso
por consequências, que hei visto.

Prometem guardar direito,
mas nenhum segue este fio,
por seus rodeios tortos
são confusos labirintos.

Honras, vidas, e fazendas
vejo perder de contino
por terem como em viveiro
estes falsários metidos.

Preceito

3

Pois no que toca a guardar
dias Santos, e Domingos:
ninguém vejo em mim, que os guarde,
se tem, em que ganhar jimbo.

Nem aos míseros escravos
dão tais dias de vazio,
porque nas leis do interesse,
é preceito proibido.

Quem os vê ir para o templo
com as contas, e os livrinhos
de devoção, julgará,
que vão por ver a Deus Trino:

Porém tudo é mero engano,
porque se alguns escolhidos
ouvem missa, é perturbados
desses, que vão por ser vistos.

E para que não pareça,
aos que escutam, o que digo,

que há mentira, no que falo
com a verdade me explico.

Entra um destes pela Igreja,
sabe Deus com que sentido,
e faz um sinal-da-cruz
contrário ao do catecismo.

Logo se põe de joelhos.
não como servo rendido,
mas em forma de besteiro
c'um pé no chão, outro erguido.

Para os altares não olha,
nem para os Santos no nicho,
mas para quantas pessoas
vão entrando, e vão saindo.

Gastam nisto o mais do tempo,
e o que resta divertidos
se põem em conversação,
com os que estão mais propínquos.

Não contam vidas de Santos,
nem exemplos ao divino,
mas sim muita patarata,
do que não há, nem tem sido.

Pois se há sermão, nunca o ouvem,
porque ou se põem de improviso
a cochilar como negros,
ou se vão escapulindo.

As tardes passam nos jogos,
ou no campo divertidos
em murmurar dos governos,
dando Leis, e dando arbítrios.

As mulheres são peiores,
porque se lhes faltam brincos
manga a volá, broche, troço,
ou saia de labirintos,

Não querem ir para a Igreja,
seja o dia mais festivo,
mas em tendo essas alfaias,
saltam mais do que cabritos.

E se no Carmo repica,
ei-las lá vão rebolindo,
o mesmo para São Bento,
Colégio, ou São Francisco.

Quem as vir muito devotas,
julgará sincero, e liso,
que vão na missa, e sermão
a louvar a Deus com hinos.

Não quero dizer, que vão,
por dizer mal dos Maridos,
aos amantes, ou talvez
cair em erros indignos.

Debaixo do parentesco,
que fingem pelo apelido,
mandando-lhes com dinheiro
muitos, e custosos mimos.

Preceito

4
Vejo, que morrem de fome
os Pais daqueles, e os Tios,

ou porque os vëm Lavradores,
ou porque tratam de ofícios.

Pois que direi dos respeitos,
com que os tais meus mancebinhos
tratam esses Pais depois
que deixam de ser meninos?

Digam-no quantos o veem,
que eu não quero repeti-lo,
a seu tempo direi como
criam estes morgadinhos.

Se algum em seu testamento
cerrado, ou nuncupativo
a algum parente encarrega
sua alma, ou legados pios:

Trata logo de enterrá-lo
com demonstrações de amigo,
mas passando o Resquiescat
tudo se mete no olvido.

Da fazenda tomam posse
até do menor caquinho;
mas para cumprir as deixas
adoecem de fastio.

E desta omissão não fazem
escrúpulo pequenino,
nem se lhes dá, que o defunto
arda, ou pene em fogo ativo.

E quando chega a apertá-los
o tribunal dos resíduos,

ou mostram quitações falsas,
ou movem pleitos renhidos.

Contados são, os que dão
a seus escravos ensino,
e muitos nem de comer,
sem lhes perdoar serviço.

Ó quantos, e quantos há
de bigode fernandino,
que até de noite às escravas
pedem salários indignos,

Pois no modo de criar
os filhos parecem símios,
causa por que os não respeitam,
depois que se vëm crescidos.

Criam-nos com liberdade
nos jogos, como nos vícios,
persuadindo-lhes, que saibam
tanger guitarra, e machinho.

As Mães por sua imprudência
são das filhas desperdício,
por não haver refestela,
onde as não levem consigo.

E como os meus ares são
muito coados, e finos,
se não há grande recato,
têm as donzelas perigo.

Ou as quebranta de amores
o ar de algum recadinho,

ou pelo frio da barra
saem c'o ventre crescido.

Então vendo-se opiladas,
se não é do santo vínculo,
para livrarem do achaque,
buscam certos abortinhos.

Cada dia o estou vendo,
e com ser isto sabido,
contadas são, as que deixam
de amar estes precipícios.

Com o dedo a todas mostro,
quanto indica o vaticínio,
e se não querem guardá-lo,
não culpam meu domicílio.

Preceito

5
Vamos ao quinto preceito,
Santo Antônio vá comigo,
e me depare algum meio,
para livrar do seu risco.

Porque suposto que sejam
quietos, mansos, benignos,
quantos pisam meus oiteiros,
montes, vales, e sombrios;

Pode suceder, que esteja
algum áspide escondido
entre as flores, como diz
aquele provérbio antigo.

Faltar não quero à verdade,
nem dar ao mentir ouvidos,
o de César dê-se a César,
o de Deus a Jesu Cristo.

Não tenho brigas, nem mortes,
pendências, nem arruídos,
tudo é paz, tranquilidade,
cortejo com regozijo:

Era dourada parece,
mas não é como eu a pinto,
porque debaixo deste ouro
tem as fezes escondido.

Que importa não dar aos corpos
golpes, catanadas, tiros,
e que só sirvam de ornato
espada, e cotós limpos?

Que importa, que não se enforquem
os ladrões, e os assassinos,
os falsários, maldizentes,
e outros a este tonilho?

Se debaixo desta paz,
deste amor falso, e fingido
há fezes tão venenosas,
que o ouro é chumbo mofino?

É o amor um mortal ódio,
sendo todo o incentivo
a cobiça do dinheiro,
ou a inveja dos ofícios.

Todos pecam no desejo
de querer ver seus patrícios
ou da pobreza arrastados,
ou do crédito abatidos.

E sem outra causa mais
se dão a destro, e sinistro
pela honra, e pela fama
golpes cruéis, e infinitos.

Nem ao sagrado perdoam,
seja Rei, ou seja Bispo,
ou Sacerdote, ou Donzela
metida no seu retiro.

A todos enfim dão golpes
de enredos, e mexericos
tão cruéis, e tão nefandos,
que os despedaçam em cisco.

Pelas mãos nada; porque
não sabem obrar no quinto;
mas pelas línguas não há
leões mais enfurecidos.

E destes valentes fracos
nasce todo o meu martírio;
digam todos, os que me ouvem,
se falo a verdade, ou minto.

Preceito

6
Entremos pelos devotos
do nefando Deus Cupido,

que também esta semente
não deixa lugar vazio.

Não posso dizer, quais são
por seu número infinito,
mas só digo, que são mais
do que as formigas, que crio.

Seja solteiro, ou casado,
é questão, é já sabido
não estar sem ter borracha
seja do bom, ou mau vinho.

Em chegando a embebedar-se
de sorte perde os sentidos,
que deixa a mulher em couros,
e traz os filhos famintos:

Mas a sua concubina
há de andar como um palmito,
para cujo efeito empenham
as botas com seus atilhos.

Elas por não se ocuparem
com costuras, nem com bilros,
antes de chegar aos doze
vendem o signo de Virgo.

Ouço dizer vulgarmente
(não sei, é certo este dito)
que fazem pouco reparo
em ser caro, ou baratinho.

O que sei, é, que em magotes
de duas, três, quatro, cinco

as vejo todas as noites
sair de seus esconderijos

E como há tal abundância
desta fruita no meu sítio,
para ver se há, quem as compre,
dão pelas ruas mil giros.

E é para sentir, o quanto
se dá Deus por ofendido
não só por este pecado,
mas pelos seus conjuntivos:

Como são cantigas torpes,
bailes, e toques lascivos,
venturas, e fervedouros,
pau de forca, e pucarinhos.

Quero entregar ao silêncio
outros excessos malditos,
como do Pai Carumbá,
Ambrósio, e outros pretinhos.

Com os quais estas formosas
vão fazer infames brincos
governados por aqueles,
que as trazem n'um cabrestinho.

Preceito

7
Já pelo sétimo entrando
sem alterar o tonilho,
digo, que quantos o tocam,
sempre o tiveram por crítico.

Eu sou, a que mais padeço
de seus efeitos malignos,
porque todos meus desdouros
pelo sétimo tem vindo.

Não falo (como lá dizem)
ao ar, ou libere dicto,
pois diz o mundo loquaz,
que encubro mil latrocínios.

Se é verdade, eu o não sei,
pois acho implicância nisto,
porque o furtar tem dous verbos
um furor, outro surrípio.

Eu não vejo cortar bolsas,
nem sair pelos caminhos,
como fazem nas mais partes,
salvo alguns negros fugidos.

Vejo, que a forca, ou picota
paga os altos de vazio,
e que o carrasco não ganha
nem dous réis para cominhos.

Vejo, que nos tribunais
há vigilantes Ministros,
e se houvera em mim tal gente,
andara à soga em contino.

Porém se disto não há,
com que razão, ou motivo
dizem por aí, que sou
um covil de Latrocínios?

Será por verem, que em mim
é venerado, e querido
Santo Unhate, irmão de Caco,
porque faz muitos prodígios?

Sem questão deve de ser,
porque este Unhate maldito
faz uns milagres, que eu mesma
não sei, como tenho tino.

Pode haver maior milagre
(ouça bem quem tem ouvidos)
do que chegar um Reinol
de Lisboa, ou lá do Minho:

Ou degredado por crimes
ou por moço ao Pai fugido,
ou por não ter que comer
no Lugar, onde é nascido:

E saltando no meu cais
descalço, roto, e despido,
sem trazer mais cabedal,
que piolhos, e assobios:

Apenas se ofrece a Unhate
de guardar seu compromisso,
tomando com devoção
sua regra, e seu bentinho:

Quando umas casas aluga
de preço, e valor subido,
e se põe em tempo breve
com dinheiro, e com navios?

Pode haver maior portento,
nem milagre encarecido,
como de ver um Mazombo
destes cá do meu pavio,

Que sem ter eira, nem beira,
engenho, ou juro sabido
tem amiga, e joga largo
veste sedas, põe polvilhos?

Donde lhe vem isto tudo?
cai do Céu? tal não afirmo;
ou Santo Unhate lho dá,
ou do Calvário é prodígio.

Consultam agora os sábios,
que de mim fazem corrilhos,
se estou ilesa da culpa,
que me dão sobre este artigo.

Mas não quero repetir
a dor, e o pesar, que sinto
por dar mais um passo avante
para o oitavo suplício.

Preceito

8
As culpas, que me dão nele,
são, que em tudo quanto digo,
me aparto do verdadeiro
com ânimo fementido.

Muito mais é, do que falo,
mas é grande barbarismo,

quererem, que pague a albarda,
o que comete o burrinho.

Se por minha desventura
estou cheia de percitos,
como querem, que haja em mim
fé, verdade, ou falar liso?

Se como atrás declarei,
se pusera cobro nisto,
a verdade aparecera
cruzando os braços comigo.

Mas como dos tribunais
proveito nenhum se há visto,
a mentira está na terra,
a verdade vai fugindo.

O certo é, que os mais deles
têm por gala, e por capricho
não abrir a boca nunca
sem mentir de fito a fito.

Deixar quero os pataratas,
e tornando a meu caminho,
quem quiser mentir o faça,
que me não toca impedi-lo.

Preceito

9
Do nono não digo nada,
porque para mim é vidro,
e quem o quiser tocar,
vá com o olho sobreaviso.

Eu bem sei, que também trazem
o meu crédito perdido,
mas valha sem sê-lo ex causa,
ou lhos ponham seus maridos.

Confesso, que tenho culpas,
porém humilde confio,
mais que em riquezas do mundo,
da virtude n'um raminho.

Preceito

10
Graças a Deus que cheguei
a coroar meus delitos
com o décimo preceito,
no qual tenho delinquido.

Desejo, que todos amem,
seja pobre, ou seja rico,
e se contentem co'a sorte,
que têm, e estão possuindo.

Quero finalmente, que
todos, quantos têm ouvido,
pelas obras, que fizerem,
vão para o Céu direitinhos.

22 [149-154]

Fingindo o Poeta que acode pelas honras da Cidade, entra a fazer justiça em seus moradores, sinalando-lhes os vícios, em que alguns deles se depravavam.

Décimas

1
Uma cidade tão nobre,
uma gente tão honrada
veja-se um dia louvada
desde o mais rico ao mais pobre:
cada pessoa o seu cobre,
mas se o diabo me atiça,
que indo a fazer-lhe justiça,
algum saia a justiçar,
não me poderão negar,
que por direito, e por Lei
esta é a justiça, que manda El-Rei.

2
O Fidalgo de solar
se dá por envergonhado
de um tostão pedir prestado
para o ventre sustentar:
diz, que antes o quer furtar
por manter a negra honra,
que passar pela desonra,
de que lhe neguem talvez;
mas se o virdes nas galés
com honras de Vice-Rei,
esta é a justiça, que manda El-Rei.

3
A Donzela embiocada
mal trajada, e mal comida
antes quer na sua vida
ter saia, que ser honrada:
é pública amancebada
por manter a negra honrinha,
e se lho sabe a vizinha,
e lho ouve a clerezia
dão com ela na enxovia,
e paga a pena da lei:
esta é a justiça, que manda El-Rei.

4
A casada com adorno,
e o Marido mal vestido,
crede, que este mal Marido
pentea monho de corno:
se disser pelo contorno,
que se sofre a Frei Tomás,
por manter a honra o faz,
esperai pela pancada,
que com carocha pintada
de Angola há de ser Visrei:
esta é a justiça, que manda El-Rei.

5
Os Letrados Peralvilhos
citando o mesmo Doutor
a fazer de Réu, o Autor
comem de ambos os carrilhos:
se se diz pelos corrilhos
sua prevaricação,
a desculpa, que lhe dão,
é a honra de seus parentes

e entonces os requerentes,
fogem desta infame grei:
esta é a justiça, que manda El-Rei.

6
O Clérigo julgador,
que as causas julga sem pejo,
não reparando, que eu vejo,
que erra a Lei, e erra o Doutor:
quando vëm de Monsenhor
a Sentença Revogada
por saber, que foi comprada
pelo jimbo, ou pelo abraço,
responde o Juiz madraço,
minha honra é minha Lei:
esta é a justiça, que manda El-Rei.

7
O Mercador avarento,
quando a sua compra estende,
no que compra, e no que vende,
tira duzentos por cento:
não é ele tão jumento,
que não saiba, que em Lisboa
se lhe há de dar na gamboa;
mas comido já o dinheiro
diz, que a honra está primeiro,
e que honrado a toda Lei:
esta é a justiça, que manda El-Rei.

8
A viúva autorizada,
que não possui um vintém,
porque o Marido de bem
deixou a casa empenhada:

ali vai a fradalhada,
qual formiga em correição,
dizendo, que à casa vão
manter a honra da casa,
se a virdes arder em brasa,
que ardeu a honra entendei:
esta é a justiça, que manda El-Rei.

9
O Adônis da manhã,
o Cupido em todo o dia,
que anda correndo a coxia
com recadinhos da Irmã:
e se lhe cortam a lã,
diz, que anda naquele andar
por a honra conservar
bem tratado, e bem vestido,
eu o verei tão despido,
que até as costas lhe verei:
esta é a justiça, que manda El-Rei.

10
Se virdes um Dom Abade
sobre o púlpito cioso,
não lhe chameis Religioso,
chamai-lhe embora de Frade:
e se o tal Paternidade
rouba as rendas do Convento
para acudir ao sustento
da puta, como da peita,
com que livra da suspeita
do Geral, do Viso-Rei:
esta é a justiça, que manda El-Rei.

23 [155]

Moraliza o Poeta seu desassossego na harmonia incauta de um Passarinho, que chama sua morte a compassos de seu canto.

Soneto

Contente, alegre, ufano Passarinho,
Que enchendo o Bosque todo de harmonia,
Me está dizendo a tua melodia,
Que é maior tua voz, que o teu corpinho.

Como da pequenhez desse biquinho
Sai tamanho tropel de vozeria?
Como cantas, se és flor de Alexandria?
Como cheiras, se és pássaro de arminho?

Simples cantas, e incauto garganteas,
Sem ver, que estás chamando o homicida,
Que te segue por passos de garganta!

Não cantes mais, que a morte lisonjeas;
Esconde a voz, e esconderás a vida,
Que em ti não se vê mais, que a voz, que canta.

Moraliza o Poeta outra vez a sua declinação pelo seu luzimento no amortecido desmaio de uma pomposa flor.

Décimas

1
De que serviu tão florida,
caduca flor, vossa Sorte,
se havia da própria morte
ser ensaio a vossa vida?
quanto melhor advertida
andáveis em não nascer,
que se a vida houvera ser
instrumento de acabar,
em deixares de brilhar,
deixaríeis de morrer.

2
Enquanto presa vos vistes
no botão, onde morastes,
bem que a vida não lograstes,
de esperança vos vestistes:
mas depois que, flor, abristes,
tão depressa fenecestes,
que quase a presumir destes
(se se pode presumir)
que para a morte sentir,
somente viver quisestes.

3
Fazendo da pompa alarde
abre a Rosa mais louçã,

e o que é gala na manhã,
em luto se torna à tarde:
pois se a dita mais cobarde,
se a mais frágil duração
renascestes, porque não
terei de crer fundamento,
que foi vosso luzimento
da vossa sombra ocasião.

4
E pois acabais florida,
bem se vê, flor desditosa,
que a não seres tão formosa,
não fôreis tão abatida:
desgraçada por luzida,
ofendida por louçã
mostrais bem na pompa vã
as mãos do tempo cobarde,
que fenecestes à tarde,
por luzires de manhã.

5
Assim pois quando contemplo
vossa vida, e vossa morte,
em vós, flor, da minha sorte
encontro o mais vivo exemplo:
subi da fortuna ao templo,
mas apenas subi digno,
quando me mostra o destino,
que, a quem não é venturoso,
o chegar a ser ditoso
é degrau de ser mofino.

Tentado a viver na soledade se lhe representam as glórias de quem não viu, nem tratou a Corte.

Soneto

Ditoso tu, que na palhoça agreste
Viveste moço, e velho respiraste,
Berço foi, em que moço te criaste,
Essa será, que para morto ergueste.

Aí, do que ignoravas, aprendeste,
Aí, do que aprendeste, me ensinaste,
Que os desprezos do mundo, que alcançaste,
Armas são, com que a vida defendeste.

Ditoso tu, que longe dos enganos,
A que a Corte tributa rendimentos,
Tua vida dilatas, e deleitas!

Nos palácios reais se encurtam anos;
Porém tu sincopando os aposentos,
Mais te deleitas, quando mais te estreitas.

Elege para viver o retiro de uma chácara, que comprou nas margens do Dique, e ali canta, o que passava retirado.

Canção

Por bem-afortunado
Me tenho nestes dias,
Em que habito este monte a par do Dique,
Vizinho tão chegado
Às Taraíras frias,
A quem a gula quer, que eu me dedique.
Aqui vem o alfenique
Das pretas carregadas
Com roupa, de que formam as barrelas:
Não serão as mais belas,
Mas hão de ser por força as mais lavadas;
E eu namorado desta, e aquel'outra
De uma o lavar me rende o torcer d'outra.

Os que amigos meus eram,
Vêm aqui visitar-me;
Amigos, digo, de uma, e outra casta:
Ó nunca aqui vieram,
Porque vêm agastar-me,
E nunca deixam cousa, que se gasta.
Outro vem, quando basta,
Fazer nesta varanda
Chacotas, e risadas,
Cousas bem escusadas,
Porque o riso não corre na quitanda,

Corre de cunho a prata,
E amizade sem cunho é patarata.

A casa é espaçosa
Coberta, e retelhada
Com telha antiga do primeiro mundo,
Palha seca, e frondosa
Um tanto refolhada
Da que sendo erva Santa, é vício imundo;
O torrão é fecundo
Para a tal erva Santa:
Porque esta negra terra
Nas produções, que erra,
Cria venenos mais que boa planta:
Comigo a prova ordeno,
Que me criou para mortal veneno.

 [162]

Continua o Poeta em louvar a soledade vituperando a Corte.

Soneto

Ditoso aquele, e bem-aventurado,
Que longe, e apartado das demandas
Não vê nos tribunais as apelandas,
Que à vida dão fastio, e dão enfado.

Ditoso, quem povoa o despovoado,
E dormindo seu sono entre as Holandas
Acorda ao doce som, e às vozes brandas
Do tenro passarinho enamorado.

Se estando eu lá na Corte tão seguro
Do néscio impertinente, que porfia,
A deixei por um mal, que era futuro;

Como estaria vendo na Bahia,
Que das Cortes do mundo é vil monturo,
O roubo, a injustiça, a tirania?

 [163]

Moraliza o Poeta nos ocidentes do sol a inconstância dos bens do mundo.

Soneto

Nasce o Sol, e não dura mais que um dia,
Depois da Luz se segue a noite escura,
Em tristes sombras morre a formosura,
Em contínuas tristezas a alegria.

Porém se acaba o Sol, por que nascia?
Se formosa a Luz é, por que não dura?
Como a beleza assim se transfigura?
Como o gosto da pena assim se fia?

Mas no Sol, e na Luz falte a firmeza,
Na formosura não se dê constância,
E na alegria sinta-se tristeza.

Começa o mundo enfim pela ignorância,
E tem qualquer dos bens por natureza
A firmeza somente na inconstância.

Contemplando nas cousas do mundo desde o seu retiro, lhe atira com o seu ápage, como quem a nado escapou da tromenta.

Soneto

Neste mundo é mais rico, o que mais rapa:
Quem mais limpo se faz, tem mais carepa:
Com sua língua ao nobre o vil decepa:
O Velhaco maior sempre tem capa.

Mostra o patife da nobreza o mapa:
Quem tem mão de agarrar, ligeiro trepa;
Quem menos falar pode, mais increpa:
Quem dinheiro tiver, pode ser Papa.

A flor baixa se inculca por Tulipa;
Bengala hoje na mão, ontem garlopa:
Mais isento se mostra, o que mais chupa.

Para a tropa do trapo vazo a tripa,
E mais não digo, porque a Musa topa
Em apa, epa, ipa, opa, upa.

Neste retiro devemos supor o Poeta consultado de vários amigos com alguns assuntos para resolver, e assim proseguiremos com as obras seguintes.

Soneto

Fábio; que pouco entendes de finezas.
Quem faz só, o que pode, a pouco obriga;
Quem contra os impossíveis se afadiga,
A esses se dê amor em mil ternezas.

Amor comete sempre altas empresas;
Pouco amor muita sede não mitiga;
Quem impossíveis vence, esse me instiga
Vencer por ele muitas estranhezas.

As durezas da cera o Sol abranda,
E da terra as branduras endurece,
Atrás do que resiste, o raio se anda.

Quem vence a Resistência, se enobrece,
Quem pode, o que não pode, impera, e manda;
Quem faz mais do que pode, esse merece.

31 [166]

Pergunta-se neste Problema qual é maior, se o bem perdido na posse, ou o que se perde antes de se lograr? Defende o bem já possuído.

Soneto

Quem perde o bem, que teve possuído,
A morte não dilate ao sentimento,
Que esta dor, esta mágoa, este tormento
Não pode ter tormento parecido.

Quem perde o bem logrado, tem perdido
O discurso, a razão, o entendimento:
Porque caber não pode em pensamento
A esperança de ser restituído.

Quando fosse a esperança alento à vida,
Té nas faltas do bem seria engano
O presumir melhoras desta Sorte.

Porque onde falta o bem, é homicida
A memória, que atalha o próprio dano,
O Refúgio, que priva a mesma morte.

Defende-se o bem que se perdeu na esperança. Pelos mesmos consoantes.

Soneto

O bem, que não chegou ser possuído,
Perdido causa tanto sentimento,
Que faltando-lhe a causa do tormento,
Faz ser maior tormento o padecido.

Sentir o bem logrado, e já perdido
Mágoa será do próprio entendimento,
Porém o bem, que perde um pensamento,
Não o deixa outro bem restituído.

Se o logro satisfaz a mesma vida,
E depois de logrado fica engano
A falta, que o bem faz em qualquer Sorte:

Infalível será ser homicida
O bem, que sem ser mal motiva o dano,
O mal, que sem ser bem apressa a morte.

33 [168-171]

Pondera misterioso em amores o descuido, com que uma Dama cortou o seu dedinho querendo aparar uma pena para escrever a seu amante.

Décimas

1
Para escrever intentou
Nise uma pena aparar,
e começando a cortar,
o seu dedinho cortou:
incontinenti a largou
sentida desta ocasião,
e com tão justa razão
chorosa sente: porque
teve neste golpe pé,
para sentir-se da mão.

2
Duas penas descontente
padece Nise em verdade,
da ferida a crueldade,
e viver de Fábio ausente:
qual destas duas mais sente
difícil é de advertir;
mas eu venho a concluir,
que mais sente Nise amante
viver de Fábio distante,
do que chegar-se a ferir.

3
Quisera a Fábio escrever
por dar alívio a seu mal,

porém a sorte fatal
não lho consentiu fazer:
quis-lhe o gosto perverter,
dando-lhe o golpe, que a assusta,
por cuidar, que é cousa justa
mostrar, quando Nise chora,
que esse Fábio, a quem adora,
gotas de sangue lhe custa.

4
Bem claramente constou
de Nise na mão ferida,
que o ser, liberdade, e vida
tudo a Fábio sujeitou:
discreta, e entendida andou
neste amoroso embaraço,
pois para apertar o laço
mais da sua sujeição,
que o firma nesta ocasião,
mostrou com sangue do braço.

5
Queixosa Nise em verdade
se mostrou nesta ocasião,
não da ferida da mão,
do golpe sim da saudade:
porque com tal crueldade
a move de Fábio a ausência,
que sem haver resistência
no peito, que amante o adora,
Lágrimas de sangue chora
com repetida veemência.

6
De propósito parece,
que se deu Nise este corte,

porque um amor, que é tão forte,
só bem assim se encarece:
e quem duvida, o fizesse
para dar-nos a entender,
que quis seu sangue verter
para mostrar sua fé,
que tanto ama a Fábio, que
quer dar-lhe o sangue a beber.

34 [171-173]

MOTE
Como se pode alcançar
de dous, que se querem bem,
qual terá maior pesar,
se o que vai para tornar,
se o que espera, por quem vem.

Glosa

1
Se não posso ir rastejando
a pena, que pode ter,
quem há temor de perder
a prenda, que está logrando:
e se me confundo, quando
me disponho a penetrar
aquela pena, e pesar,
que deixa um bem já perdido,
do mal de ausente o sentido,
Como se pode alcançar?

2
Parece uma pena chica,
que chica é por tal arte,
que inda que a dor se reparte,
toda em um se multiplica:
pena, que mais se duplica,
quanto mais partida vem,
na extensão o aumento tem,
que a pena, que a ausência ordena,
sobre ser de dous, é pena
De dous, que se querem bem.

3

Se é pena de dous, que se amam,
quem não vê, que em tal querer
dobrado incêndio há de haver,
se há dous fogos, que se inflamam:
quando dous a um tempo clamam,
por força se há de aumentar
a um clamar outro clamar;
assim no mal de não ver-se
cresce a pena, sem saber-se
Qual terá maior pesar.

4

Quem vai, porque a pena rima,
deixa a alma, que se inflama,
para que anime, adonde ama
muito mais, que adonde anima:
quem fica, e se desanima,
quer logo as almas trocar,
por confundir, e ocultar,
qual mais sabe padecer,
quem fica para não ver,
Se o que vai para tornar.

5

Nesta confusão de amor
duvida a perplexidade,
nunca se sabe a verdade
sobre a ventagem da dor:
mas o discreto Leitor,
que quer lhe resolva em bem,
o que o mote em si contém,
veja, que tem mais cuidado,
quem não vem, sendo esperado,
Se o que espera, por quem vem.

35 [174-176]

MOTE
Perguntou-se a um discreto,
qual era a morte tirana:
respondeu, que estar ausente
daquilo, que mais se ama.

Glosa

1
Numa ilustre academia,
que com ciências infusas
fizeram as nove Musas,
onde Apolo presidia:
leu o Secretário Admeto,
um problema mui seleto
propôs, para argumentar-se,
e havendo de perguntar-se,
Perguntou-se a um discreto.

2
Ele, que estava distante,
e não ouvia a proposta,
não deu por então resposta
de Surdo, e não de ignorante:
mas vendo no seu semblante
a academia Soberana,
que tinha a desculpa lhana,
lhe advertiram com agrado,
que lhe haviam perguntado:
Qual era a morte tirana.

3
Ele entonces como um raio
prontamente, e sem detença
tomando vênia, e licença
fez consigo um breve ensaio:
o mais horrível desmaio,
que um peito amoroso sente,
é a falta do bem presente:
ficou-lhe a resposta lhana;
e a qual é a morte tirana,
Respondeu, que estar ausente.

4
Deixou a resposta absorto
a aquele douto congresso,
porque é já provérbio expresso,
que ausente é o mesmo que morto:
eu me persuado, e exorto,
que quem se abrasa, e inflama
de amor na contínua chama,
inda que sinta abrasar-se,
e menos mal, que ausentar-se
Daquilo, que mais se ama.

36 [176-177]

MOTE

Se de um bem nascem mil males,
De um mal quisera saber
Quantos bens podem nascer?

Glosa

1

Coração, que em pertender
perdes tempo em esperanças,
e quando algum bem alcanças,
é por ter mais que perder:
por cousas, que não têm ser,
e de que nunca te vales,
como direi, que te abales?
como direi, que convém
andar em busca de um bem,
Se de um bem nascem mil males?

2

Quando um firme bem procuras,
te desavéns com teus bens,
porque perdendo, os que tens,
n'outros males te asseguras:
aos bens nunca te aventuras
sem certos males colher,
e eu para te defender,
e a vida te conservar,
um bem não tomara achar,
De um mal quisera saber.

3

Do bem os males nasceram,
do mal nunca nasceu bem,
salvo o mal de quem não tem
bens, de que os males se geram:
e inda que do mal puderam
os bens produzidos ser,
se os hás de vir a perder,
antes toma um mal por gosto
Quantos bens podem nascer.

37 [178-180]

MOTE

Amar Luís a Maria,
amaria não é amar
logo como pode estar
n'um tempo amar, e amaria.

Glosa

1

Serviu Luís a Isabel
por prêmio de um favor só
mais tempo, do que Jacó
serviu à bela Raquel:
e porque Isabel infiel
o enganou de dia em dia,
em pena de aleivosia
em Maria o empreguei,
e então lhe certifiquei
Amar Luís a Maria.

2

Deixei-a tão persuadida,
quanto ela é presuntuosa,
que o presumir de formosa
persuade o ser querida:
porém como é entendida,
e em toda a arte de amar
sabe mui bem conjugar,
disse, tomando-me a mão,
que em boa conjugação
Amaria não é amar.

3

Que amaria é imperfeito,
e perfeito o ter amado,
e a um presente cuidado
não serve o plus-quão-perfeito:
vi eu a Moça de jeito,
que me pus pela quietar
nesta forma a conjugar
"Amar Luís, e amaria
não está em filosofia",
Logo como pode estar?

4

Este aparente argumento,
e sutil proposição
não só tirou a questão,
mas deu-lhe contentamento:
firme enfim no fundamento
da minha sofisteria
diz, que a boa astronomia
tem uns pontos tão sutis,
que pode estar em Luís
N'um tempo amar, e amaria.

38 [180-182]

MOTE
Antandra, el Amor, si no
ocultas tus rayos, sé,
que te ha de robar, lo que
Prometeo al sol robó.

Glosa

1
Amor, que es fuego, y amado
con arco, aljaba, y saetas
con mil amorosas tretas
mil armas ha conquistado:
pero tu, Antandra, has ganado
más victorias, que el ganó,
de suerte que dudo yo
(viendo unos, y otros despojos)
si puede más que tus ojos,
Antandra, el Amor, si no.

2
Porque en severa conquista
tienen flechas, arco, y fuego,
y luz, con que al Amor ciego
dejan a perder de vista:
y ansi no hay, quien resista
la luz, que en ellos se ve,
y aun el mismo Amor por se
(como no puede mirando)
que te adora, Antandra, cuándo
Ocultas tus rayos, Sé.

3

Mas de sus adoraciones
no debes mucho fiarte,
que dizen, que ha de robarte,
pues le robas corazones:
no hay, que fiar en ladrones,
que envisten a falsa fe;
mas yo le perguntaré,
Antandra, cuándo tu quieras,
pues afirman tan deveras,
Que te ha de robar? Lo que?

4

Y si a tus ojos dijere,
bien se deja ver, que es ciego,
y se dijere, que el fuego,
señal, que el tuyo prefiere:
luego bien claro se infiere,
que el mismo se condenó,
y pues asi te envidió
puedes darle de barato,
lo que por un falso trato
Prometeo al sol robó.

39 [182-184]

MOTE

Não quero, o que vós quereis,
só quero, que vós queirais
aquilo, que não quereis,
só quero, não quero mais.

Glosa

1

Se houvera conformidade
em um, e outro querer,
ambos poderiam ser
atos da mesma vontade:
porém na diversidade
de uma, e de outra vereis,
quando firme pergunteis,
onde minha alma está posta,
como tendes por resposta,
Não quero, o que vós quereis.

2

E se acaso se oferece
outro objeto a vosso amor,
e publicais por favor,
que em vós só o meu floresce:
esta ação nada merece,
mas antes me ofende mais,
e do prêmio, que buscais,
deponde a louca esperança,
e não ter de mim lembrança
Só quero, não quero mais.

3
Se nesta deformidade,
que em vossas vontades há,
algum meio indústria dá
para haver conformidade,
é, que na vossa vontade
mil impossíveis obreis,
porque amando não ameis,
sendo fino, o não sejais,
e não querendo queirais
Aquilo, que não quereis.

4
Se isto muito parecer
em uma vontade humana,
isso mesmo desengana
os quilates do seu ser:
pouco amor, pouco querer
é força, que concedais,
pelo que não pertendais
as lisonjas do meu gosto,
porque, o que tenho proposto,
Só quero, e não quero mais.

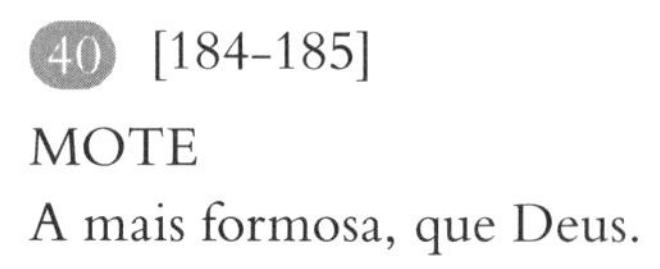
40 [184-185]

MOTE
A mais formosa, que Deus.

Glosa

Eu com duas Damas vim
de uma certa romaria,
uma feia em demasia,
sendo a outra um Serafim:
e vendo-as eu ir assim
sós, e sem amantes seus,
lhes perguntei, Anjos meus,
que vos pôs em tal estado?
a feia diz, que o pecado,
A mais formosa, que Deus.

41 [185-186]

MOTE
Se lágrimas aliviam,
Como padece, quem chora?

Glosa

1
Vidinha: por que chorais?
porque padeço, meu bem.
Mui grande dúvida tem
a resposta, que me dais:
se lágrimas são sinais
dos que dantes padeciam,
alívio já sentiriam
das lágrimas ao verter;
logo implica o padecer
Se lágrimas aliviam.

2
Dúvida não pode haver,
que enquanto os olhos me choram,
suposto a pena melhoram,
se está rindo o padecer:
alívio deve de ter,
quem já seus males melhora,
mas se nele a pena mora
até o choro acabar,
fácil é de se mostrar
Como padece, quem chora.

42 [187-188]

MOTE
Para retratar uns olhos
Cupido se fez pintor,
desfez o céu para tinta,
moeu para luz o sol.

Glosa

1
De uns olhos se viu rendido
Amor, e os arpões quebrou,
porque afrontados julgou
arpões d'outro arpão vencido:
cego, e turbado Cupido
guiado de seus antolhos
trilha espinhos, pisa abrolhos,
e por curar seu cuidado
um pincel pede emprestado
Para retratar uns olhos.

2
Para uns olhos tão brilhantes
buscava o melhor pincel,
negou-lhe Apeles cruel,
piedoso lho deu Timantes:
como Mestres tão prestantes
puseram de morte cor,
olhos, que vencem a Amor:
nesta pena, que o soçobra,
para colorir a obra
Cupido se fez pintor.

3

Sempre eu vi, que aos amadores
nada falta em bom primor:
porém hoje ao mesmo Amor
para pintar faltam cores:
ele perdeu as melhores
em ter a presença extinta
dos olhos belos, que pinta,
cuja cor é celestial,
e por lhe dar natural
Desfez o céu para tinta.

4

Para cópia tão divina,
como Amor a imaginou,
todo o aparelho tirou
dessa esfera cristalina:
excedia a ultramarina
cor desse azul arrebol,
e do divino farol
sendo precisa a luz pura,
por dar claros à pintura
Moeu para luz o Sol.

43 [189-191]

Parece que ja se enfastiava o Poeta do seu retiro como se vê nesta obra.

MOTE
Contentamento, onde estás,
que te não acha ninguém,
se intenta buscar-te alguém,
não sabe, por onde vás.

Glosa

1
Amigo contentamento,
peço-te por esta vez,
que não me busques, que intento
buscar-te em teu aposento,
para lançar-me a teus pés:
se não qués, e à ousadia,
ou a desserviço o hás,
para que te ache algum dia,
me digas em cortesia,
Contentamento, onde estás.

2
Por mil partes diferentes
andei, e te certifico
não ver-te por entre as gentes,
antes todos descontentes
alto, baixo, pobre, rico:
Fui-me aos palácios, e ouvi,
que se acaso ali te vëm,

sem deixar sinais de ti,
tão cedo te vais dali,
Que te não acha ninguém.

3
Dei logo em imaginar,
que estás entre os namorados,
busquei-te, e vendo-os queixar,
mal (disse) se podem dar
contentamento, e cuidados:
com que vendo o teu desvio
julguei, que passar além
era trabalho baldio,
e que intenta um desvario,
se intenta buscar-te alguém.

4
Fiquei tão desenganado,
que direi por toda a parte,
que quem por dita, ou por fado
se não vir de ti buscado,
não se canse com buscar-te:
Porque é tal tua conquista,
que inda o triste, a quem te dás,
por muito, que ele te assista,
em perdendo-te de vista,
Não sabe, por onde vás.

44 [191-193]

Despede-se o Poeta do seu amoroso divertimento com pretextos frívolos, e totalmente contrários à razão do amor.

MOTE
Deixar quero o vosso bem,
para tomar vosso mal,
porque o vosso bem é tal,
que do mal melhor me vem.

Glosa

1
Se dor me infunde no peito,
Clóri, quererdes-me assaz,
dai ao demo amor, que traz
mais dano, do que proveito:
não vi amor de tal jeito
no mundo daquém, e além,
e pois simulado vem
todo o mal, que me fazeis,
neste bem, que me quereis,
Deixar quero o vosso bem.

2
Se mal vosso bem me influi,
bens vosso mal dará vários,
porque de agentes contrários
contrário efeito se argui:
a consequência conclui
por força filosofal;
e pois vosso mal é tal,

que em vós d'outro bem não sei,
que bens não repudiarei,
Para tomar vosso mal?

3
Pois o bem pelo mal troco
pelas causas, que já disse,
terei a grã parvoíce,
que vós me tenhais por louco,
que eu o que exprimento, e toco
neste bem prejudicial
me faz homem desigual,
avesso, néscio, e sandeu:
porém tal homem sou eu,
Porque o vosso bem é tal.

4
Se tal fora o vosso amor,
como são outros amores,
fecundo para os favores,
estéril para o rigor:
tivera a grande favor,
Clóri, quererdes, a quem
vos adorara um desdém,
que outro tempo aborrecia,
porque então não entendia,
Que do mal melhor me vem.

 [194]

Desempulha-se o Poeta da canalha perseguidora contra os homens sábios, catando benevolência aos nobres.

Soneto

Que me quer o Brasil, que me persegue?
Que me querem pasguates, que me invejam?
Não vëm, que os entendidos me cortejam,
E que os Nobres é gente, que me segue?

Com o seu ódio a canalha, que consegue?
Com sua inveja os néscios que motejam?
Se quando os néscios por meu mal mourejam,
Fazem os sábios, que a meu mal me entregue.

Isto posto, ignorantes, e canalha
Se ficam por canalha, e ignorantes
No rol das bestas a roerem palha.

E se os senhores nobres, e elegantes
Não querem, que o soneto vá de valha,
Não vá, que tem terríveis consoantes.

46 [195-203]

Preso finalmente o nosso Poeta pelos motivos que já dissemos em sua vida, e condenado a ir degradado para Angola, por ordem de Dom João d'Alencastre Governador então deste Estado: Pondera, quão adverso é o Brasil sua ingrata pátria aos homens beneméritos; e com desafogo de homem forte graceja um pouco as Mulatas meretrizes.

Coplas

Não sei, para que é nascer
neste Brasil empestado
um homem branco, e honrado
sem outra raça.

Terra tão grosseira, e crassa,
que a ninguém se tem respeito,
salvo quem mostra algum jeito
de ser Mulato.

Aqui o cão arranha o gato,
não por ser mais valentão,
mas porque sempre a um cão
outros acodem.

Os Brancos aqui não podem
mais que sofrer, e calar,
e se um negro vão matar,
chovem despesas.

Não lhe valem as defesas
do atrevimento de um cão,

porque acode a Relação
sempre faminta.

Logo a fazenda, e a quinta
vai com tudo o mais à praça,
onde se vende de graça,
ou fiado.

Que aguardas, homem honrado,
vendo tantas sem-razões,
que não vás para as nações
de Berberia.

Porque lá se te faria
com essa barbaridade
mais razão, e mais verdade,
que aqui fazem.

Porque esperas, que te engrazem,
e esgotem os cabedais,
os que tens por naturais,
sendo estrangeiros!

Ao cheiro dos teus dinheiros
vêm com cabedal tão fraco,
que tudo cabe n'um saco,
que anda às costas.

Os pés são duas lagostas
de andar montes, passar vaus,
as mãos são dous bacalhaus
já bem ardidos.

Sendo dous anos corridos,
na loja estão recostados

mais doces, e enfidalgados,
que os mesmos Godos.

A mim me faltam apodos,
com que apodar estes tais
maganos de três canais
até a ponta.

Há outros de peior conta,
que entre estes, e entre aqueles
vêm cheios de PP, e LL
atrás do ombro.

De nada disto me assombro
pois bota aqui o Senhor
outros de marca maior
gualde, e tostada.

Perguntai à gente honrada,
por que causa se desterra;
diz, que tem, quem lá na terra
lhe queima o sangue.

Vem viver ao pé de um mangue,
e já vos veda o mangal,
porque tem mais cabedal,
que Porto Rico.

Se algum vem de agudo bico,
lá vão prendê-lo ao sertão,
e ei-lo bugio em grilhão
entre os galfarros.

A terra é para os bizarros,
que vêm da sua terrinha
com mais gorda camisinha,
que um traquete.

Que me dizeis do clerguete,
que mandaram degradado
por dar o óleo sagrado
à sua Puta.

E a velhaca dissoluta
destra em todo o artifício
fez c'o óleo um malefício
ao mesmo Zote.

Folgo de ver tanto asnote,
que com seus risonhos lábios
andam zombando dos sábios,
e entendidos.

E porque são aplaudidos
de outros da sua facção,
se fazem co'a discrição
como com terra.

E dizendo ferra ferra,
quando vão a pôr o pé,
conhecem, que em boa fé
são uns asninhos.

Porque com quatro ditinhos
de conceitos estudados
não podem ser graduados
nas ciências.

Então suas negligências
os vão conhecendo ali,
porque de si para si
ninguém se engana.

Mas em vindo outra semana,
já caem no pecado velho,
e presumem dar conselho
a um Catão.

Aqui frisava o Frisão,
que foi o Heresiarca,
porque os mais da sua alparca
o aprenderam.

As Mulatas me esqueceram,
a quem com veneração
darei o meu beliscão
pelo amoroso.

Geralmente é mui custoso
o conchego das Mulatas,
que se foram mais baratas,
não há mais Flandes.

As que presumem de grandes,
porque têm casa, e são forras
têm, e chamam de cachorras
às mais do trato.

Angelinha do Sapato,
valeria um pino de Ouro,
porém tem o cagadouro
muito abaixo.

Traz o amigo cabisbaixo
com muitas aleivosias,
sendo, que às Ave-Marias
lhe fecha a porta.

Mas isso porém que importa
se ao fechar se põe já nua,
e sobre o plantar na rua
ainda a veste.

Fica dentro, quem a investe,
e o de fora suspirando
lhe grita de quando em quando
ora isto basta.

Há gente de tão má casta,
e de tão ruim catadura,
que até esta cornadura
bebe, e verte.

Todos Agrela converte,
porque se com tão ruim puta
a alma há de ser dissoluta,
antes mui Santa.

Quem encontra ossada tanta
nos beiços de uma caveira,
vai fugindo de carreira,
e a Deus busca.

Em uma cova se ofusca,
como eu estou ofuscado,
chorando o magro pecado,
que fiz com ela.

É mui semelhante à Agrela
a Mingota do Negreiros,
que me mamou os dinheiros,
e pôs-me à orça.

A Mangá com ser de alcorça
dá-se a um Pardo vaganau,
que a cunha do mesmo pau
melhor atocha.

A Mariana da Rocha,
por outro nome a Pelica,
nenhum homem já dedica
a sua prata.

Não há no Brasil Mulata,
que valha um recado só,
mas Joana Picaró
o Brasil todo.

Se em gostos não me acomodo
das mais, não haja disputa,
cada um gabe a sua puta,
e haja sossego.

Porque eu calo o meu emprego
e o fiz com toda atenção,
porque tal veneração
se lhe devia.

Fica-te em boa, Bahia,
que eu me vou por esse mundo
cortando pelo mar fundo
n'uma barquinha.

Porque inda que és pátria minha,
sou segundo Cipião,
que com dobrada razão
a minha idéia
te diz "non possedebis ossa mea".

 [204-208]

Embarcado já o Poeta para o seu degredo, e postos os olhos na sua ingrata pátria lhe canta desde o mar as despedidas.

Romance

Adeus praia, adeus Cidade,
e agora me deverás,
velhaca, dar eu adeus,
a quem devo ao demo dar.

Que agora, que me devas
dar-te adeus, como quem cai,
sendo que estás tão caída,
que nem Deus te quererá.

Adeus Povo, adeus Bahia,
digo, canalha infernal,
e não falo na nobreza
tábula, em que se não dá,

Porque o nobre enfim é nobre,
quem honra tem, honra dá,
pícaros dão picardias,
e inda lhes fica, que dar.

E tu, Cidade, és tão vil,
que o que em ti quiser campar,
não tem mais do que meter-se
a magano, e campará.

Seja ladrão descoberto
qual águia imperial,

tenha na unha o rapante,
e na vista o perspicaz.

A uns compre, a outros venda,
que eu lhe seguro o medrar,
seja velhaco notório,
e tramoeiro fatal.

Compre tudo, e pague nada,
deva aqui, deva acolá
perca o pejo, e a vergonha,
e se casar, case mal.

Com branca não, que é pobreza,
trate de se mascavar;
vendo-se já mascavado,
arrime-se a um bom solar.

Porfiar em ser fidalgo,
que com tanto se achará;
se tiver mulher formosa,
gabe-a por esses poiaes.

De virtuosa talvez,
e de entendida outro tal,
introduza-se ao burlesco
nas casas, onde se achar.

Que há Donzela de belisco,
que aos punhos se gastará,
trate-lhes um galanteio,
e um frete, que é principal.

Arrime-se a um poderoso,
que lhe alimente o gargaz,

que há pagadores na terra,
tão duros como no mar.

A estes faça alguns mandados
a título de agradar,
e conserve-se o afetuoso,
confessando o desigual.

Intime-lhe a fidalguia,
que eu creio, que lhe crerá,
porque fique ela por ela,
quando lhe ouvir outro tal.

Vá visitar os amigos
no engenho de cada qual,
e comendo-os por um pé,
nunca tire o pé de lá.

Que os Brasileiros são bestas,
e estarão a trabalhar
toda a vida por manter
maganos de Portugal.

Como se vir homem rico,
tenha cuidado em guardar,
que aqui honram os mofinos,
e mofam dos liberais.

No Brasil a fidalguia
no bom sangue nunca está,
nem no bom procedimento,
pois logo em que pode estar?

Consiste em muito dinheiro,
e consiste em o guardar,

cada um o guarde bem,
para ter que gastar mal.

Consiste em dá-lo a maganos,
que o saibam lisonjear,
dizendo, que é descendente
da casa do Vila Real.

Se guardar o seu dinheiro,
onde quiser, casará:
os sogros não querem homens,
querem caixas de guardar.

Não coma o Genro, nem vista
que esse é genro universal;
todos o querem por genro,
genro de todos será.

Ó assolada veja eu
Cidade tão suja, e tal,
avesso de todo o mundo,
só direita em se entortar.

Terra, que não se parece
neste mapa universal
com outra, ou são ruins todas,
ou ela somente é má.

CIDADE
e seus Pícaros entremetidos, e velhacos.

 [209-210]

Define a sua cidade.

MOTE
De dous ff. se compõe
Esta cidade a meu ver
Um furtar, outro foder.

Glosa

1
Recopilou-se o direito,
e quem o recopilou
com dous ff o explicou
por estar feito, e bem feito:
por bem Digesto, e Colheito
só com dous ff o expõe,
e assim quem os olhos põe
no trato, que aqui se encerra,
há de dizer, que esta terra
De dous ff se compõe.

2
Se de dous ff composta
está a nossa Bahia,
errada a ortografia
a grande dano está posta:
eu quero fazer aposta,
e quero um tostão perder,
que isso a há de preverter,
se o furtar e o foder bem
não são os ff que tem
Esta cidade a meu ver.

3

Provo a conjetura já
prontamente como um brinco:
Bahia tem letras cinco
que são B-A-H-I-A:
logo ninguém me dirá
que dous ff chega a ter,
pois nenhum contém sequer,
salvo se em boa verdade
são os ff da cidade
um furtar, outro foder.

 [211]

À Mesma Cidade e alguns Pícaros, que haviam nela.

Soneto

Quem cá quiser viver, seja um Gatão,
Infeste toda a terra, invada os mares,
Seja um Chegai, ou um Gaspar Soares,
E por si terá toda a Relação.

Sobejar-lhe-á na mesa vinho, e pão,
E siga, os que lhe dou, por exemplares,
Que a vida passará sem ter pesares,
Assim como os não tem Pedra de Unhão.

Quem cá se quer meter a ser sisudo
Nunca lhe falta um Gil, que o persiga,
E é mais aperreado que um cornudo.

Furte, coma, beba, e tenha amiga,
Porque o nome d'El-Rei dá para tudo
A todos, que El-Rei trazem na barriga.

 [212]

A certo Homem presumido, que afetava fidalguias por enganosos meios.

Soneto

Bote a sua casaca de veludo,
E seja Capitão sequer dous dias,
Converse à porta de Domingos Dias,
Que pega fidalguia mais que tudo.

Seja um magano, um pícaro abelhudo,
Vá a palácio, e após das cortesias
Perca quanto ganhar nas mercancias,
E em que perca o alheio, esteja mudo.

Sempre se ande na caça, e montaria,
Dê nova locução, novo epiteto,
E digo-o sem propósito à porfia;

Que em dizendo: "facção, pretexto, efecto"
Será no entendimento da Bahia
Mui fidalgo, mui rico, e mui discreto.

51 [213]

Ao Mesmo Sujeito pelos mesmos atrevimentos.

Soneto

Faça mesuras de A com pé direito,
Os beija-mãos de gafador de pela,
Saiba a todo o cavalo a parentela,
O criador, o dono, e o defeito.

Se o não souber, e vir rocim de jeito,
Chame o lacaio, e posto na janela,
Mande, que lho passeie a mor cautela,
Que inda que o não entenda, se há respeito.

Saia na armada, e sofra paparotes,
Damas ouça tanger, não as fornique,
Lembre-lhe sempre a quinta, o potro, o galgo:

Que com isto, e o favor de quatro asnotes
De bom ouvir, e crer se porá a pique
De um dia amanhecer um grão fidalgo.

 [214]

A um ignorante Poeta, que por suas lhe mostrou umas décimas de Antônio da Fonseca Soares.

Soneto

Protótipo gentil do Deus muchacho,
Poeta singular o mais machucho,
Que no mais levantado do Cartucho
Quis trazer o Pegaso por penacho.

Triunfante ao Parnaso entrou gavacho
Com décimas do métrico Capucho;
Se são suas merece um bom cachucho,
Que por boas conseguem bom despacho.

Mas o Sol, que na aurora do desfecho
Os párpados abrindo vos viu micho,
Por ser vosso talento de relexo:

Logo disse não éreis vós o bicho,
Que vos sente nas ancas este sexo,
Que vos limpe essas barbas c'um rabicho.

53 [215]

A certo Barqueiro de Marapé presumido de gentil, valente, e namorado, o qual tinha vindo por Gurumete da Nau, em que o Poeta veio de Portugal.

Soneto

Gentil-homem, valente, e namorado
Trindade vem a ser de perfeições,
Com que a vós triunviro dos varões
Vos teme a morte, e vos venera o fado.

Pelo gentil Adônis sois pintado,
Pelo valente o Marte das nações,
Que unir, e conformar contradições
Só em vós se viu já facilitado.

Sobretudo, Senhor Manuel Fernandes,
Podereis ser de Eneias Palinuro
E conduzir de Europa Ulisses grandes:

Pois trazíeis o barco tão seguro,
Quando passei para esta nova Flandes,
Que o mar me parecia vinho puro.

54 [216-218]

Ao Mesmo Barqueiro e pelo mesmo caso.

Décimas

1

Por gentil-homem vos tendes,
por valente, e namorado,
que a um Fernandes não é dado,
e cai melhor em um Mendes:
e pois as prendas retendes,
que em boa filosofia
nenhuma em vós caberia,
tão grande amor me deveis,
que porque vós o dizeis,
vo-lo creio em cortesia.

2

Só por cerimônia urbana
me resolvera eu a crer,
que podeis formoso ser
tendo olhos de porcelana:
se vo-lo diz vossa mana
(que se a tendes, preta é)
por vos manter nessa fé,
sabei, que vos troca as prosas,
porque são mui mentirosas
as Negras de Marapé.

3

Que sois valente, bem creio,
que esses pulsos, essas pernas,
e o grosso dessas cavernas

me estão dizendo "temei-o":
eu vos creio, e vos recreio,
não faleis mais nisso: tá,
porque em rigor, claro está,
que um valentão Dom Ortiz
me assusta quando m'o diz,
e outra vez, quando me dá.

4
Mas quanto a ser namorado,
nisso consiste a questão,
que esta vez vos vou à mão,
como quem vos vai ao dado:
todo o Americano Estado,
que digo? este mundo inteiro
namorei eu tão primeiro,
que nisto de namorar
podeis vós comigo estar
à soldada de escudeiro.

5
Sou namorado de chapa,
e de idade pueril
de Portugal, e Brasil
tenho namorado o mapa:
nenhuma cara me escapa,
e em todo o rosto me embarco,
e vós no salgado charco
(posto que em vãos pensamentos)
sempre andais bebendo os ventos,
que é bom para o vosso barco.

A um Livreiro que comeu um canteiro de alfaces.

Décima

Levou um livreiro a dente
de alfaces todo um canteiro,
e comeu, sendo livreiro,
desencadernadamente:
porém eu digo, que mente,
o que nisso o quer culpar;
antes é para notar,
que trabalhou como um Mouro,
que o meter folhas no couro
também é encadernar.

56 [219-224]

A Dous Irmãos Fulanos da Cruz, que foram presos por furtarem um espadim a um surdo da Praia, tendo já furtado umas salvas, que pediram emprestado para tirarem a esmola para Nossa Senhora da Palma de que foram degradados para Angola.

Décimas

1
As cruzes dos dous Ladrões, — eram soldados
ou os dous Ladrões das cruzes
com capa dos arcabuzes
armaram aos taralhões:
mas vendo, que estas ações
lhes não tinha a pança cheia,
a vil canalha plebea
por comer à tripa forra,
sem recear a masmorra
meteu-se, e chegou a cea.

2
Consumado o seu intento
por infames malfeitores,
à sentença dos maiores
foram para um aposento:
e se o seu merecimento
é castigo temerário,
pena é muito ao contrário,
que quem calvários só quer
os não mandam padecer
n'outras cruzes ao calvário.

3
E fora mui justa lei,
que a qualquer Ladrão previsto,
inda chamando por Cristo,
lhe não valesse o pequei:
e se hoje o memento mei
não acode a um patifão
por judaica geração,
se tira por consequência,
que é por sua violência
cada qual mui mau Ladrão.

4
Porém o seu pensamento
antevendo a perdição
com capa de devoção
cuidou ir a salvamento:
e pedindo a bom intento
os dous duas salvações
foram em tais conjunções,
se bem careciam d'alvas,
que dando-lhe as culpas salvas
se ficaram bons ladrões.

5
As salvas foram pedidas,
e sendo enfim emprestadas,
depois de lhas terem dadas,
foram salvas, e perdidas:
e com ser às escondidas
o pedido, que as assola,
triunfando vão para Angola,
pois se levanta a sua alma
tirando a esmola da Palma
com o Santo, e co'a esmola.

6
Outros crimes mais atrozes
têm os dous Judas malvados,
que justamente culpados
os publicam muitas vozes:
porque os delitos ferozes
no seu inútil estado
os criminam de contado,
e são no erro inaudito
um Judas para o bendito
inimigo do Louvado.

7
Vendo ao pobre varão
de grave espadim à cinta,
conhecendo-o pela pinta
o tomam de guarnição:
e andando de mão em mão
foi o espadim consumido
pelo valor atrevido,
e o mesmo espadim achado
para eles foi deparado,
e para ele foi corrido.

8
Pelas cruzes foi tomado,
e o que a todos mais atenta,
é, que não foi pela ponta
por um, ou outro Soldado:
mas como o valor mostrado
era em passos tão ligeiro,
chegou ao Cabo primeiro,
para levar tudo ao punho,
que só por força tem cunho,
ou cruzes o seu dinheiro.

9
Suspenso o mundo, e absorto
pasma em tal desassossego
maltratar um surdo a um cego,
que o seu direito é ser torto:
pois quando viu Cristo morto
com a lança o investiu,
e ele de cego sentiu
de então toda a vista ter,
Longuinhos viu por não ver,
e ele cegou, porque viu.

10
E se pelo atrevimento
de tão grandes desaforos
merecem dous mil estouros,
não é castigo violento:
que se fora a meu contento,
os queimaram logo logo,
e não satisfaz meu rogo
ter sentença de água fria,
quem somente merecia,
que lhe pusessem o fogo.

11
Porém, Senhores, porém
é escusado o falar,
nem mais pareceres dar,
já que remédio não tem:
e se do degredo vêm
e sai seu intento à luz,
vinguem-se logo de um plus,
que se governa até o cabo,
guarde-se a cruz do diabo,
não o diabo da cruz.

57 [225-228]

Presos três homens de quatro, que por seu desenfado costumavam atirar pedradas às janelas de Palácio, um deles por ser Mulato, saiu a açoutar pelas ruas e os dous foram para as galés. Esta obra fez o Poeta sendo estudante.

Décimas

1
Senhores: com que motivo
vós tentastes a fazer,
sem castigo algum temer,
um excesso tão nocivo?
(disse o Algoz compassivo
a um dos da carambola,
quando o leva pela gola)
e a gente, que ali se pôs,
via a pé quedo o Algoz
muitas vezes dar à sola.

2
Nestas retiradas suas,
que fazia o tal madraço
sacudia-lhe o espinhaço
c'um par de soletas cruas:
dava-lhe nas costas nuas
palmadas tão bem dispostas,
que o Mulato co'as mãos postas
disse dos açoutes dados,
sendo dos mais os pecados,
eu somente os levo às costas.

3
A gente, que isto lhe ouviu,
por saber do caso atroz,
pedia muito ao Algoz,
lho dissesse, e ele se riu:
finalmente prosseguiu
a dizer o caso a uns poucos,
que de pasmo ficam moucos
e alguns deles quase mudos
de ver, que quatro sisudos
tomem ofícios de loucos.

4
Diz-lhe mais o Algoz pascácio,
que sem terem nisso medras,
os quatro atiraram pedras
às janelas de Palácio:
e que fazendo agarrácio
dos três, escapou só um,
mas cuidando ser algum
dos mais ligeiros ao peso,
fora, o que escapou de preso,
mais ligeiro, que nenhum.

5
Um inocente agarrado
foi também na travessura,
sendo que não faz loucura
moço tão bem inclinado:
outro será castigado
pela ousadia sobeja
e porque este vulgo veja
(se com ele não se engana)
fez, com que pela semana
não fosse o Domingo à Igreja.

chamava-se o Pescocinho pelo ter torto

chamava-se O Raposo

6

Estes outros dous, ou três, — moravam
que se agarraram de noite, — junto à Ribeira
se se escaparam do açoite,
terão por certo galés:
hão de sentir o revés
deste excesso, que fizeram,
pois eles assim quiseram:
mas vejo não sentirão,
se por castigo lhes dão
ir para donde vieram.

7

Vós, que do caso adversário
em seguro vos pusestes,
porque dos pés vos valestes
não sejais tão temerário:
sede nisto imaginário,
pois tão bem destes à sola,
que se n'outra carambola
vos meteis c'o amigo Baco,
ele às vezes é velhaco,
dará convosco em Angola.

58 [229-232]

A Três Mulatos que por tirarem as espadas contra uns Desembargadores foram a enforcar atanazados, e esquartejados.

Décimas

1
Jogaram a espadilha
três canzarrões co'a justiça,
e como o demo os enguiça,
iam sempre à cascarrilha:
não achavam na cartilha
carta de jeito, ou feitio
para trunfarem com brio,
ante jogo tão nefando,
que um quarto de hora jogando
perderam seis mãos a fio.

2
Não sendo de perder fartos
para o seu total destroço
perdido o dinheiro grosso,
perderam também os quartos:
mas depois de azares artos,
verão os três jogadores,
que a Justiça destra em flores
em jogando com maraus
sempre ganha com três paus
os maiores matadores.

3

Ao tempo, que os três sentiram,
que o tal jogo os embarranca,
todos se viram sem branca,
mas sem alva não se viram:
do jogo se despediram
sentido do espalhafato,
mas tão nus do esfola-gato,
que de pura compaixão
lhes vestiu a Relação
uma fralda de barato.

4

Tanto ali se entristeceram,
e tanto se trespassaram,
que a todos nos admiraram,
quando assim se suspenderam:
finalmente os três morreram
uma morte tão veloz,
que ao veneno mais atroz
nenhuns tão presto acabaram,
como estes, quando cheiraram
as entrepernas do algoz.

5

Jogar sobre mesa rasa
com seis Desembargadores,
isso não, que aos matadores
nunca deixam fazer vaza:
se aos treze escaldou a brasa,
aos mais sirva de exemplar,
e quando queiram jogar,
joguem, mas ao truque não,
que os três paus da Relação
sempre é carta de ganhar.

6
Com Becas qualquer joguilho
sempre é mui prejudicial,
pois com jogo tal, ou qual
sempre levam de codilho:
têm cartas de garrotilho,
porque têm cartas de agarro,
e os que imaginam, que é barro
jogar com Ministro inteiro,
se esperam rodar dinheiro,
hão de rodar sobre um carro.

7
Vós, que na cidade vistes
tantos quartos, e tão artos,
entendei, que tão maus quartos
resultam de horas mui tristes:
e os que de vê-los fugistes,
crede, que a hora não tarda,
a quem a má sorte aguarda,
antes deveis de entender,
que toda a casa há de arder,
a quem seus quartos não guarda.

8
Alerta Pardos do trato,
a quem a soberba emborca,
que pode ser hoje forca,
o que foi ontem mulato:
alerta, que o aparato
daquele pendente pé,
que na parede se vê,
vos prega com voz sincera,
que se sois, o que ele era,
podeis ser, o que ele é.

A um Negro de Andrade Brito solicitador de suas demandas grão trapaceiro, e alcoviteiro chamado o Logra, a quem um Imaginário vazou um olho.

Soneto

Está o Logra torto? é cousa rara!
Diz, que um olho perdeu por uma puta;
Barato o fez, que há puta dissoluta,
Que me quer arrancar ambos da cara.

Ó quem tão baratinho amor comprara,
Que um olho é pouco preço sem disputa;
Se não diga-o Betica, que de astuta
Mais de uma dúzia de olhos me almoçara.

Saí desta canalha tão roído,
E deixaram-me Harpias tão roubado,
Que não logrei da vista um só sentido.

Não foi o Logra não mais desgraçado,
Porque posto que um olho tem perdido,
O outro lhe ficou para um olhado.

60 [234-238]

Ao Mesmo Crioulo, e pelo mesmo caso.

Décimas

1
Estou pasmado, e absorto,
de que o Logra em qualquer pleito
curasse do seu direito,
e agora cure do torto:
ele fora mui bem morto,
porque outra vez não insista
ir, onde se lhe resista:
mas se n'outras ocasiões
requeria execuções,
agora pedirá vista.

2
Ia o Logra perseguindo
pela rua de São Bento
certo calcanhar bichento,
e ia-lhe a Negra fugindo:
quando a Dafne foi seguindo
Apolo pastor de Admeto:
ela por alto decreto
em Louro transfigurou-se,
e agora desfigurou-se,
ao Logra, que fica em preto.

3
A Negra sumiu-se, e quem
não sabe na medicina,
que em se perdendo a menina,

se perde o olho também:
andou o Logra mui bem
em perder o olho então,
porque n'outra ocasião
saibam, que o Logra acertado
se co'a preta é desgraçado
com a branca é um Cipião.

4
Dizem as Putas por cá
com rostos muito serenos,
que o Logra c'um olho menos
menos as vigiará:
mas quem não afirmará
neste azar, nesta agonia,
que as Putinhas da Bahia
ficam de melhor emprego,
que as guiava um Amor cego,
e já agora um torto as guia.

5
Se é certo, que ele investia
as Damas, que acarretava,
quem com olhos se cegava,
sem olhos o que faria?
agora é, que eu temeria,
que ele me guiasse a Dama,
porque suposto que as chama,
será para a sua estufa,
porque quem fechou a adufa,
trata já de ir para a cama.

6
O imaginário impio
quis-lhe o vulto reformar,

e em vez de o aperfeiçoar,
botou-lhe a longe o feitio:
saltou-lhe uma lasca em fio,
e no caso que saltasse,
quis Deus, que o olho lascasse,
porque o escultor estulto
ou corresse ao Logra o vulto,
ou de todo o acabasse.

7
O Imaginário, que há
de todas tantas ventagens,
diz, que é mau para as imagens
o pau de Jacarandá:
mas que outra imagem fará
tão bela, e perfeita, que
sirva entre as outras da Sé,
ou que de outro pau, que engenha,
fará um São Miguel, que tenha
o demo do Logra ao pé.

8
O Logra ficou zarolho,
porque o homem na estacada
lhe deu tão boa pancada,
que foi pancada do olho:
correu logo tanto molho
pela cara, que ao cair,
quem foi ali acudir,
disse, que quando chorava
o Logra, ao olho cantava
"ojos, que lo vieron ir".

9
Pelo seu olho gritava,
e quem o não entendia

outra cousa parecia,
que no olho lhe passava:
a demais gente, que estava
na casa atrás do rumor,
vendo o Logra em tanta dor
com o olho fora da cara,
cria, que era, o que o vazara,
prateiro, e não escultor.

10
Dizem por esta Cidade,
que seu Senhor enfadado
de o ver todo, e desairado
lhe quer dar a Liberdade:
bom fora metê-lo frade
na Arrábida, ou em Buçaco,
onde vestido de saco
dê graças ao Criador,
que em estado o pôs melhor
para ser maior velhaco.

A uma Pendência, que teve o mulato Quiringa com um Mouro na cadeia, pela qual foi castigado: estando o Poeta nessa ocasião também preso.

Décimas

1
Vendo tal desenvoltura,
como vai nesta cadeia,
quis também a minha vea
fazer uma travessura:
inda a memória me dura
dos mulatetes maraus,
quando entre desares maus
o pobre do nosso Mouro,
indo jogar prata, e ouro,
saiu-lhe o trunfo de paus.

2
Entre bem, e mal fadado
foi o Mouro em sua lei
batizado por um Rei,
por um Mulato crismado:
ele ficou estirado,
vendo tanta matinada
de uma pendência causada;
e eu quase fiquei absorto,
de que vendo um Mouro morto
ninguém lhe desse a lançada.

3

Com sair-lhe o ano mau,
diz ele, que outro tal venha,
pois será ano de lenha
um ano de tanto pau:
o Mouro é mui vaganau,
e é tal o descoco seu,
que mal da terra se ergueu,
tão desaforado está,
que diz, que se lhe não dá
do muito, que se lhe deu.

4

O Quiringa valentão
por urdir esta pendência,
se não ganhou indulgência,
teve um ano de perdão:
pôs-se em pé o velhacão
recebendo as alabanças,
e eu entre tantas mudanças
à guitarra lhe cantei:
"sirvió na moxinga a El-Rei
un Quiringa con dos lanzas".

62 [241-245]

A Domingos Nunes do Couto vizinho do Poeta a quem burlaram uns amigos fingindo-se oficiais de Justiça, e batendo estrondosamente na porta, ele como criminoso fugiu pelo quintal fazendo, e padecendo tudo, o que o Poeta pinta.

Décimas

1
Ontem sobre a madrugada
à porta do meu vizinho
foi bater certo meirinho
com toda a justiça armada:
o vizinho à matinada
de tão grande rebuliço,
quis logo erguer o toutiço,
mas não deu passo o coitado,
que ficou esbabacado,
porque era tudo feitiço.

2
A um bater tão porfiado,
que ele atento porfiou,
quando se desenganou,
então foi mais enganado:
cuidou, que era já tomado
da Justiça, que madruga:
ergue-se, dizendo esbruga,
e tendo por justa causa
cantar-lhe a turba sem pausa,
lhe quis responder com fuga.

3
"Cerca, cerca o aposento",
e apenas ele ouviu tal,
tinha varado o quintal
sua pá como um vento:
achou por impedimento
espinhos de um limoeiro,
um bosque, um tronco, um madeiro,
e tudo isto quanto achou,
um só Nunes arrastou,
como se fora um Ribeiro.

4
Com tanto medo no rabo
o levou com mil pesares
a Justiça pelos ares,
como se fora o diabo:
achando-se já por cabo
no mar entre mil cardumes,
hoje faz muitos queixumes
aos fratelos, e fratelas,
de que tem dor de canelas,
sem ninguém lhe dar ciúmes.

5
Sobre isto teima, e porfia
da dor entre os desatinos,
que com tão maus Teatinos
não quer fazer companhia:
que de noite, nem de dia
há de ir aos homiziados,
e a mais que venham soldados,
antes ir preso se atreve
do que por culpa tão leve
sofrer brincos tão pesados.

6
Não remoquea às escuras,
mas diz muito claramente,
que antes preso a uma corrente,
que sofrer estas solturas:
queixa-se em tais desventuras
ao Surgião, e ao Barbeiro,
dizendo por derradeiro
lastimoso, e lastimado,
que o chasco o tem tão picado,
que lhe criara um unheiro.

7
Queixa-se, de que à Mãe velha
lhe nascesse nesta festa
um bom corno sobre a testa
como vaca, sendo ovelha:
a Mãe como velha relha
está sobre a testa inchada
de praguejar tão cansada,
que diz, que antes de morrer
sobre o Lobinho há de ver
a justiça justiçada.

8
Curando-se o Filho estava,
a casa se confundia,
a crioula lhe carpia,
e a tal velha praguejava:
tudo em confusão andava,
o ferido a se curar,
a crioula a trabalhar,
o Surgião a ir, e vir,
toda a Justiça a se rir,
quando a Velha a praguejar.

63 [245-249]

A certo Homem que estando com uma Dama a não dormiu, por vir uma luz nessa ocasião ficando-se com um anel da mesma Dama.

Décimas

1

Amigo, a quem não conheço,
inda que amigo vos chamo,
pois no desar, com que amo,
a vós tanto me pareço:
bem alcanço, e reconheço,
qual é a força do destino,
mas se o desar mais mofino
estorva a luz da razão,
como a luz de um lampião
perdeis da ventura o tino.

2

Não duvido, que sejais
avechucho de Noruega,
se mostrais, que a luz vos cega,
perdendo, o que à luz buscais:
ave noturna cortais
a sombra mais denegrida,
e à luz, que é vossa homicida,
perdeis (estranho rigor)
emprego, dama, e favor,
esperança, amor, e vida.

3
Que Madama, ou que Senhora
tendes tão pouco brilhante,
se vemos, que todo o amante
sua Dama é sua aurora?
eu cuidava, que na hora,
que um amante a Dama via,
nessa hora lhe amanhecia;
e a vossa Dama chegou,
mas nem tocar-se deixou,
por falta da luz do dia.

4
É verdade, que a candeia
rompeu da noite o capuz,
mas dai-vos ao demo a luz,
que estorva, e não alumea:
dai ao demo a luz, que atea
para o dano vos urdir;
a luz sirva de luzir,
e não sirva de estorvar,
luza para alumiar,
e não para descobrir.

5
E se a luz o véu noturno
rompeu por vos dar na treta,
de Vênus não foi cometa,
foi influxo de Saturno:
se de um Planeta diurno
raio de luz campeara,
nem gostos vos estorvara,
nem, quem éreis, descobrira,
mas a Moça se enxerira,
e algo mais se beliscara.

6
E seu dono, que aguardava,
qual vigia sempiterna,
não vira à luz da lenterna,
se ela vinha, ou se ficava:
e enquanto se apolegava
essa pera mal madura,
assim pela noite escura
ficara a Moça sincera
derretida como cera,
batida como costura.

7
Mas vós sobre tanto anelo
ficastes em tal desdouro
com anel, que se era de ouro,
era anel do seu cabelo:
quis pagar-vos o desvelo
de perder aquela glória
tão breve, e tão transitória,
e porque lembre o sucesso
tão infausto, e tão avesso,
vo-lo deixou na memória.

8
Vós a prenda recebestes,
e vendo a perda tão clara
da Luz, que vos desgostara,
por ela vos esquecestes:
qual mercador vos houvestes,
e faltastes na verdade
do amor a sinceridade,
pois a Moça não lograstes,
e a memória lhe tomastes
em desconto da vontade.

[249-252]

A outro Sujeito que lhe sucedeu o mesmo por vir uma Tia.

Décimas

1
Senhor soldado donzelo
a quem custa mais fadiga
dormir uma rapariga
do que ganhar um castelo:
se o pistolete é de ourelo
e anda sempre desarmado,
crede que sois mau soldado
porque na venérea classe
vai pouco, que a velha entrasse,
se o moço tivesse entrado.

2
Suponho que a Tia entrasse
e viesse logo a Avó
tereis vós o vosso nó
e a velha, que o desatasse:
se acaso vos assaltasse
na vossa cama, ou retiro
todo um exército em giro,
e armado lhe aparecêreis,
vós algum risco corrêreis,
mas daríeis vosso tiro.

3
Assim mesmo conjecturo
nos recontros de Cupido

trazeis vós o perro erguido
que o tiro eu vo-lo asseguro:
se vós o tivéreis duro
e fôreis fazendo ilhós
nas Moças, que estavam sós,
à fé que o não taparia
Avó, nem menos a Tia,
dez Tias, nem trinta Avós.

4
Vós conversando, ela rindo
se perde do logro a era:
que importa, que a Avó viera,
se vós vos tivéreis vindo?
Como estais sempre cumprindo
com cerimônias cruéis,
por isso sois, e sereis
(perdendo contentamentos)
um homem de cumprimentos,
porém nunca cumprireis.

5
Dizem, que quem perde o mês,
contudo não perde o ano,
mas neste caso magano
perde o ano, quem perde a vez:
já vós, por seres má rês,
perdestes n'outra hora a sorva:
sempre achais, quem vos estorva,
e perdestes a ocasião,
sem que houvesse velha então,
que vos mijasse na escorva.

6
Amigo, a pura verdade
é, que a velha do socrócio

não desfez este negócio;
bem o faz a mocidade:
culpai vossa frialdade,
que a velha não fez o dano,
e senão, por desengano,
e contra o mal das Avós
tomai quentárida em pós
ou metei-vos franciscano.

65 [253-256]

A outro Sujeito que estando várias noites com uma Dama, a não dormiu por não ter potência; e lhe ensinaram, que tomasse por baixo umas talhadas de limão, e meteu quatro.

Décimas

1
Tal desastre, e tal fracasso
com razão vos chega ao vivo,
que eu não vi nominativo
com tão vergonhoso caso:
do Oriente até o Ocaso,
desde o Olimpo até o Baratro,
do Orbe por todo o teatro
se diz, que sois fraca rês,
porque as três o Demo as fez
mas vós nem três, nem as quatro.

2
Quatro noites de desvelo
fostes passar com Joana,
tocaram-vos a pavana,
bailastes o esconderelo:
um homem do vosso pelo
que dirá em tal desvario,
senão que foi tanto o frio,
tanto essas noites ventou,
que a cera se não gastou
por não pegar o pavio.

3
Isto é para insensatos,
não para os gatos de lei,
nem para mim, que bem sei,
que o frio é, que arreita os gatos:
deixemos esses recatos,
demos na verdade em cheio,
o que eu pressuponho, e o que creio,
é, que era alheia a mulher,
e a vossa porra não quer,
levantar-se com o alheio.

4
Vós quereis adrede errar,
porque nos alheios trastes
uma vez que vos deitastes,
força será levantar:
se vos não hão de emendar
estas lições do Gandu,
dai a porra a Berzabu,
que não presta para o alho,
ou tomai esse caralho
metei-o, amigo, no cu.

5
Engano foi de capricho
a mezinha do Limão,
pois a cura do pismão
é uma, e outra a do bicho:
para entesar esse esguicho,
e endurecer esse cano
o remédio é um sacamano,
e se sois de fria casta,
e nada disto vos basta,
sede frade franciscano.

6

Meter um limão sem tédio
no cu, é cousa de bruto,
é remédio para puto,
não para as putas remédio:
em todo o antártico prédio
não se viu tal asnidade,
porque se na realidade
sois tão frio fodedor,
como curais o calor,
se enfermais de frialdade.

 [256-257]

Ao célebre Frei Joanico compreendido em Lisboa em crimes de sodomita.

Soneto

Furão das tripas, sanguessuga humana,
Cuja condição grave, meiga, e pia,
Sendo cristel dos Santos algum dia,
Hoje urinol dos presos vive ufana.

Fero algoz já descortês profana
Sua imagem do nicho da enxovia,
Que esse amargoso traje em profecia
Com a lombriga racional se dana.

Ah, Joanico fatal, em que horoscopos,
Ou porque à costa, ou porque à vante deste,
Da camandola Irmão quebraste os copos.

Enfim Papagaio humano te perdeste,
Ou porque enfim darias nos cachopos,
Ou porque em culis mundi te meteste.

DESENVOLTURAS do Poeta na Vila de São Francisco Cajaíba, Pernamerim.

Chegado ali o Poeta com Tomás Pinto Brandão conta, o que passou com Antonica uma desonesta meretriz.

Soneto

Chegando à Cajaíba, vi Antonica,
E indo-lhe apolegar, disse-me caca,
Gritou Tomás em tono de matraca
Bu bu pela mulher, que foge à pica.

Eu, disse ela, não sou mulher de crica,
Que assomo como rato na buraca,
Quem me lograr há de ter boa ataca,
Que corresponda ao vaso, que fornica.

Nunca me fez mister dizer, quem merca,
Porque a minha beleza é mar que surca
Alto baixel, que traz cutelo, e forca.

E pois você tem feito, com que perca,
Diga essas confianças à sua urca,
Que eu sei, que em cima de urca é puta porca.

68 [259-261]

Encontro que teve com outra mui alta, corpulenta, e desengraçada.

Décimas

1
Mui alta, e mui poderosa
Rainha, e Senhora minha,
por poderosa Rainha,
Senhora por alterosa:
permiti, minha formosa,
que esta prosa envolta em verso
de um Poeta tão perverso
se consagre a vosso pé,
pois rendido à vossa fé
sou já Poeta converso.

2
Fui ver-vos, vim de admirar-vos,
e tanto essa luz me embaça,
que aos raios da vossa graça
me converti a adorar-vos:
servi-vos de apiedar-vos,
ídolo d'alma adorado,
de um mísero, de um coitado,
a quem só consente Amor
por galardão um rigor,
por alimento um cuidado.

3

Dai-me por favor primeiro
ver-vos uma hora na vida,
que pela vossa medida
virá a ser um ano inteiro:
permiti, belo luzeiro
a um coração lastimado,
que por destino, ou por fado
alcance um sinal de amor,
que sendo vosso o favor,
será por força estirado.

4

Fodamo-nos, minha vida,
que estes são os meus intentos,
e deixemos cumprimentos,
que arto tendes de cumprida:
eu sou da vossa medida,
e com proporção tão pouca
se este membro vos emboca,
creio, que a ambos nos fica
por baixo crica com crica,
por cima boca com boca.

Disparates na Língua Brasílica a uma Cunhã, que ali galanteava por vício.

1
Indo à caça de Tatus
encontrei Quatimondé
na cova de um Jacaré
tragando treze Teiús:
eis que dous Surucucus
como dous Jaratacacas
vi vir atrás de umas Pacas,
e a não ser um Preá
creio, que o Tamanduá
não escapa às Gebiracas.

2
De massa um tapiti,
um cofo de sururus,
dous puçás de Baiacus,
Samburá de Murici:
Com uma raiz de aipi
vos envio de Passé,
e enfiado n'um imbé
Guaimu, e Caiaganga,
que são de Jacaracanga
Bagre, timbó, Inhapupê.

3
Minha rica Cumari,
minha bela Camboatá
como assim de Pirajá
me desprezas tapiti:

não vedes, que murici
sou desses olhos timbó
amante mais que um cipó
desprezado Inhapupê,
pois se eu fora Zabelê
vos mandara um Miraró.

A uma Dama, que mandando-a o Poeta solicitar lhe mandou dizer, que estava menstruada.

Romance

O teu hóspede, Catita,
foi mui atrevido em vir
a tempo, que hei de mister
o aposento para mim.

Não vou topar-me com ele,
porque havemos de renhir,
e há de haver por força sangue,
porque é grande espadachim.

Tu logo trata de pôr
fora do teu camarim
um hóspede caminheiro
que anda sempre a ir, e vir.

Um hóspede impertinente
de mau sangue, vilão ruim
por mais que Cardeal seja
vestido de carmesim.

Despeje o hóspede a casa,
pois lhe não custa um ceitil,
e a ocupa de ordinário
sem pagar maravedi.

Não tenhas hóspede em casa
tão asqueroso, tão vil,

que até os que mais te querem
fujam por força de ti.

Um hóspede aluado,
e sujeito a frenesis,
que em sendo quarto de lua
de fina força há de vir.

Que diabo há de sofrê-lo,
se vem com tão sujo ardil,
a fazer disciplinante,
quem foi sempre um serafim?

Acaso o teu passarinho
é pelicano serril,
que esteja vertendo sangue
para os filhos, que eu não fiz?

Vá-se o mês, e venha o dia,
em que te vá entupir
essas cruéis lancetadas
com lanceta mais sutil.

Deixa já de ensanguentar-te,
porque os pecados, que eu fiz,
não é bem, que pague em sangue
o teu pássaro por mim.

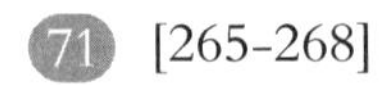 [265-268]

A uma Negra que tinha fama de feiticeira chamada Luiza da Prima.

Décimas

1
Dizem, Luiza da Prima,
que sois puta feiticeira,
no de puta derradeira,
no de feiticeira prima:
grandemente me lastima,
que troqueis as primazias
a lundus, e a putarias,
sendo-vos melhor ficar
puta em primeiro lugar,
em último as bruxarias.

2
Mas é certo, e sem disputa,
que isso faz a idea vossa,
pois para bruxa sois moça,
e sois velha para puta:
quem os anos vos computa
e a idade vos arrima,
esse a fazer vos anima
pela conta verdadeira
no de puta derradeira,
no de feiticeira prima.

3
Esta é forçosa ocasião,
de que o Cação vos passeie,

porque é força que macheie
um cação a outro cação:
enquanto à fornicação
o fazeis naturalmente,
e quanto a enjeitar a gente
é tanto, o artifício, e tal,
que exercendo o natural,
obrais endiabradamente.

4
Isto suposto, Luizica,
vos digo todo medroso,
que deve ser valeroso
o homem, que vos fornica:
porque se vos comunica
toda a noite com sojornos
o demo dos caldos mornos
com seu priapo à faísca,
à fé que a muito se arrisca,
quem põe ao diabo cornos.

5
Dormi c'o diabo à destra,
e fazei-lhe o rebolado,
porque o mestre do pecado
também quer a puta mestra:
e se na torpe palestra
tiveres algum desar,
não tendes, que reparar,
que o Diabo, quando emboca,
nunca dá a beijar a boca,
e no cu o heis de beijar.

6
Se foi vaso de eleição
São Paulo a passos contados,

vós pelos vossos pecados
sois vaso de perdição:
toda a praga, e maldição
no vosso vaso há de entrar,
e a tal termo há de chegar
esse vaso sempiterno,
que há de ser da vida inferno,
onde as porras vão parar.

Anatomia horrorosa que faz de uma Negra chamada Maria Viegas.

Décimas

1
Dize-me, Maria Viegas
qual é a causa, que te move,
a quereres, que te prove
todo o home, a quem te entregas?
jamais a ninguém te negas,
tendo um vaso vaganau,
e sobretudo tão mau,
que afirma toda a pessoa,
que o fornicou já, que enjoa,
por feder a bacalhau.

2
Se tu sabes, o que é
o teu vaso furta-fogo,
como tens tal desafogo,
que te pespegas em pé?
dizem, para Marapé
fugira o triste Silveira
está tão correspondente
ao vaso, que juntamente
serra uma, e outra fronteira.

3
Tu, me dizem, que fretaste
ao galante de antemão,
e que na tal ocasião

também foste, a que o chamaste:
o teu intento lograste:
mas podias advertir,
que não era bem dormir
(sendo tu ruim) com quem
te cataneasse bem,
como podes inferir.

4
Vendo-se tão perseguido
o pobre do pecador,
não deixou de ir com temor
por ver, que tens vaso ardido:
e assim de pouco sofrido,
vendo-se quase atolado
se safou desesperado,
e diz, que tem grande mágoa,
que havendo nele tanta água,
sempre esteja emporcalhado.

5
Diz, que achou tal apicu
tão tremendo, e temerário,
que só membro extraordinário
abalaria esse cu:
com guelras de Baiacu
(diz) que se farta o teu Tordo,
e assim que vaso tão gordo,
tão grande, e com tal bocaina
busque maior partezaina,
que eu por isso é, que vos mordo.

6
Diz, que sois como um champrão
que nem esporas de pua

farão bolir tal charrua
com vezos de galeão:
se fincas o cu no chão,
como, puta, te ofereces?
e se a todos ruim pareces,
deixa já de fornicar,
que se eles te vão buscar,
é porque os favoreces.

7
Diz mais, que quando acabaste,
deste peidos tão atrozes,
que começou a dar vozes
por ver, que te espeidorraste:
e que também lhe rogaste,
depois de se ter tirado,
te fornicasse virado,
pois de costas não podia,
porque, quem tanto bolia,
era força estar cansado.

8
Saíste toda com susto,
e vendo ao triste queixar,
te puseste a escutar,
pois se queixava tão justo:
nada tem ele de injusto,
antes a metade cala,
e só a mim me regala
dizer, que atolava inteiro,
se a um ramo de araçazeiro
se não pegara por gala.

9
Guardaste triste merenda
para o triste do coitado,

que ficou tão enjoado,
que promete ter emenda:
e com tão grande Calenda
se veio de ti queixando,
que toda a gente pasmando
está de ver, que o teu vaso
é a fome do Parnaso
nas águas, que está manando.

10
Ao burlesco será cono,
ao tudesco chancarona,
c'uma crica de azeitona,
onde encrica todo o mono:
daqui a razão entono
para te satirizar,
e se outra vez pespegar
quiseres, busca, garoupa,
quem no vaso entupa a roupa,
se a roupa o pode entulhar.

11
Anda a triste fralda tal,
tão hedionda, e molhada,
que só pode ser coroada
com fogo de São Marçal:
considere cada qual,
o que o Moço passaria
ao ver-se na estrebaria
daquele tremendo vaso,
que joga rasteiro, e raso
tão nojenta artilharia.

12
Não terás vergonha, puta,
de com tão ruim pentelho,

sobre seres vaso velho,
tomes a capa de enxuta?
és puta tão dissoluta,
que diz o Moço enjoado,
que já ficou ensinado,
e nunca mais te veria,
porque sempre d'água fria
há medo o gato escaldado.

 [274-278]

A uma Dama por nome Maria Viegas, que falava fresco, e corria por conta do Capitão Bento Rabelo seu amigo.

Romance

Senhora Cota Vieira,
Deus me não salve a minha alma,
se vós não me pareceis
uma linda, e gentil dama.

Tão risonha como a Aurora,
tão alegre como a Páscoa,
mais belicosa, que o fogo,
e mais corrente, que a água.

Pícara como nascida
na picardia da França,
e assim francesa nas obras,
Portuguesa nas palavras.

Tudo chamais por seu nome
tão propriamente, tão clara,
que ao cono lhe chamais cono,
chamais caralho à caralha.

Malditas da maldição
de Deus sejam as tavascas,
que de surradas nas obras
põem de bioco as palavras.

Há cousa como chamar,
o que uma cousa se chama,

porque sirva de sustento
à luxúria, que desmaia.

Há cousa como falar,
como o Pai Adão falava,
pão por pão, vinho por vinho,
e caralho por caralha.

Quem pôs o nome de crica
à crica, que se esparralha,
senão nosso Pai Adão,
quando com Eva brincava?

Pois se pôs o nome às cousas
o Pai da nossa prosápia,
porque Deus lho permitiu,
nós por que hemos de emendá-las?

Mas tornando ao vosso garbo,
sois, Maricas, tão bizarra,
que estive nem mais nem menos
por vos dar a piçalhada.

Tive debaixo da língua
o pedir-vos uma lasca
da nata do vosso cono,
se é, que tem códea essa nata.

Quando a culatra vos vi
tão tremenda, e rebolada,
meti logo a mão à porra,
e estive saca, não saca.

Mas reverente adverti,
que ali o Capitão estava
senhor das minhas ações,
e dono da vossa casa.

Porque inda que sempre diz,
que assentou convosco a espada,
eu creio, no que Deus disse,
não no que um berrante fala.

Quem, o que deve a um amigo
em respeitos lhe não paga,
não é amigo, nem homem,
é uma besta assalvajada.

Mas andar, foda ele embora,
isso não importa nada,
teremos amores secos,
seco é o biscouto, e campa.

Falaremos sempre aos molhos,
e riremos às canadas,
folgaremos, que amor seco
sem molhar beiço se passa.

Irei conversar convosco,
e a reverenda Madrasta
entre os pontinhos que der
meta sua colherada.

Assim se passa uma vida
tão santa, e tão ajustada,
que ganharemos o céu
na sacra via às braçadas.

Meus recados à Velhinha,
outros tantos à Mulata,
à Negrinha da corrente
e às vossas Damas pintadas.

74 [278-279]

À Mesma Maria Viegas Sacode agora o Poeta extravagantemente, porque se espeidorrava muito.

Décimas

1
Dizem, que o vosso cu, Cota,
assopra sem zombaria,
que parece artilharia,
quando vem chegando a frota:
parece, que está de aposta
este cu a peidos dar,
porque jamais sem parar
este grão-cu de enche-mão
sem pederneira, ou murrão
está sempre a disparar.

2
De Cota o seu arcabuz
apontado sempre está,
que entre noite, e dia dá
mais de quinhentos truz-truz:
não achareis muitos cus
tão prontos em peidos dar,
porque jamais sem parar
faz tão grande bateria,
que de noite, nem de dia
pode tal cu descansar.

3
Cota, esse vosso arcabuz
parece ser encantado,

pois sempre está carregado
disparando tantos truz:
arrenego de tais cus,
porque este foi o primeiro
cu de Moça fulieiro,
que tivesse tal saída
para tocar toda a vida
por fole de algum ferreiro.

Celebra a carreira que deu um caboclo a um sujeito, que achou com uma negrinha Angola, com quem ele falava.

Décimas

1
Arre lá c'o Aricobé,
como ele é corredor,
porque fiz c'o pecador,
o que já com São Tomé:
o pobre teve bom pé,
e esta parte não é má,
pois se ao chinelo não dá,
e no fugir não insiste,
creio, que diria o triste,
se isto assim é, arre lá.

2
O pobrete inadvertido
de avançada tão medonha,
diz, que não tendo vergonha,
só então se viu corrido:
e sendo a pulso seguido
do cioso Paiaiá,
sem dizer cobé, nem pá,
gritava por toda a rua,
se te deixo a fêmea tua,
que me queres? arre lá.

3
Não deu por isto o Tapuia
cortesão do Santo Sé,
que apertava mais o pé,
só para lhe dar na cuia:
vendo o pobre esta aleluia,
que tanto susto lhe dá,
ajuntava a perna à pá
para mais veloz correr,
que quanto isto de morrer
faz mui mal cabelo cá.

4
Nada disto lhe valeu,
nem o dar tanta passada,
porque quando nada nada
alguma cousa lhe deu:
na fugida não perdeu,
mais que o que se falará:
se bem, que mais sentirá,
que se diga em todo o ano,
que o Tapuia desumano
sabe mais do que cará.

5
O Frecheiro a pouco custo
dizia, porque é magano,
o cão livrou-se do dano,
mas não se livrou do susto:
irracionalmente injusto
o vulgo me chamará,
mas eu pouco se me dá,
porque no caso presente
quis, que conhecesse a gente,
se é gente o Barabauá.

6
Não é de beiço furado
o cabocolo maligno,
que me pareceu menino
só em ser demasiado:
se bem, que por ter gostado
do que qualquer gostará,
quem o desculpe, haverá,
no cometer este excesso,
que eu também morro (confesso)
por este có mangará.

7
Com que afagos a negrinha
ao pobrete trataria,
uma onde se lhe ia,
e outra onde se lhe vinha:
medrosa estava a pretinha,
que nunca a cor mudará,
e como não era má,
que a qualquer outra acontece,
não quis o pobre morresse
entre mil soluços cá.

8
Este gostinho roubou
o Tatu do Carapai,
pois sem dançar o chegai,
no pobrezinho chegou:
porque logo que os achou
um de lá, outro de cá,
disse a ambos arre lá,
na minha casa, velhaca,
vos tira cá o meu faca,
minha comer catucá.

9
A negra, que nisto estava,
já que fazer não sabia,
porque se de um gosto ria,
também de um susto chorava:
desta maneira gritava
"Paí na matá, a lá lá,
aqui sá tu mangalá,
saiba Deus, e todo o mundo,
que me inguizolo mavundo
mazanha, mavunga, e má"

10
O Tapuia é mui valente,
pouco digo, valentão,
pois no centro do sertão
fez já fugir muita gente:
e se na ocasião presente
se diz, que costas virara
(cousa, em que qualquer repara)
é, pois que a discursar entro,
porque fora do seu centro
jamais cousa alguma para.

11
Também diz, que se deu costas
já depois do susto feito
foi, porque certo sujeito
de o prender fazia apostas:
entre pergunta, e respostas
diz mais, que fugira só,
porque na garganta um nó
(que este bem cego seria)
se lhe punha, quando ouvia
aripotá treminó.

12

Ao Cabocolete iníquo,
antes que em raiva se engafe
lhe fez o cu tafe tafe,
e a bunda fez tico tico:
estava feito um Perico,
porque aqui, e ali se escancha,
sentindo-se muito a mancha,
de quando preso o levavam,
dos rapazes, que gritavam,
pois que é isso? vai na lancha!

 [286]

A Dona Marta Sobral que sendo-lhe pedida do Poeta uma arroba de carne de uma rês, que matara, respondeu, que lha fosse tirar do olho do cu.

Décima

Ó tu, ó mil vezes tu,
que se uma arroba de vaca
te pedia, és tão velhaca,
que me ofreces do teu cu:
essa carne a Berzabu
a devias dar em pó,
a mim não, porque em meu pró
não me atrevo a escolher
nem teu cu pelo feder,
nem pelo podre o teu có.

 [287-290]

A um Cabra da Índia que se agarrava a esta Marta vivendo de enganar por feiticeiro a suas escravas, e a outros.

Décimas

1
Veio da infernal masmorra
um Cabra, que tudo cura,
às Mulatas dá ventura,
aos homens aumenta a porra:
acudiu toda a cachorra
a tratar do seu conchego,
e o Cabra pelo pespego,
tanto a todos melhorou,
que aos amigos lhes deixou
as porras com seu refego.

2
Tanto cada qual se estira
nos refegos, que trazia,
que nos canos parecia
óculo de longa mira:
porém a mim não me admira,
que esta, e aquela putinha
desse a saia, e a vasquinha
pela cura, e pelo enredo,
senão que rompa o segredo
para perder a mezinha.

3
O Cura soube da cura,
e ao céu levantando as palmas

disse, que em curar as almas
ele somente era o Cura:
e porque de acusar jura
ao cabra das pataratas,
e em consequência às Mulatas,
elas ao Cura temeram,
e como a cura perderam,
ficaram muito malatas.

4
Sobre isto houve matinadas,
fostes vós, e não fui eu,
o Cabra a vida perdeu,
e elas estão mal curadas:
as porras acrescentadas
estão na sua medida,
a meizinha está perdida,
o dinheiro se gastou,
e porque Chica falou,
anda de medo fugida.

5
Houve grande desafio
do sítio para a Catala,
na Antonica não se fala,
que enfim foi moça de brio:
viu-se pendente de um fio
quase a Cajaíba toda,
e o que a mim mais me acomoda,
é, que vão durando as rinhas,
e arranhem-se as Mulatinhas
sobre a questão de uma foda.

6
A Custódia, e Antonica
se matam, porque se invejam,

não me espanto, pois pelejam
sobre mais, ou menos pica:
o que a medicina aplica
ao mal da fodengaria
é, que a cada uma o seu dia
se dê para pespegar,
porque saibam conjugar
tu fodias, e eu fodia.

Morto o Cabra lhe faz o Poeta o testamento na maneira seguinte.

Romance

Eu Pedro Cabra da Índia,
que me sinto morrer já
de uma doença, que Deus
foi servido de me dar:

Não sabendo a hora certa,
em que Deus me levará,
se é possível, que Deus leve
um feiticeiro infernal:

Posto à gineta na cama
se é cama uma cama tal
feita de tábua, e tábua
uma dura, outra molar:

Em meu perfeito juízo,
que Deus me deu tal, ou qual
faço este meu testamento
solene de se contar.

Primeiramente declaro,
que sou Cabra oriental
filho da Igreja Romana
por cerimônia não mais.

Creio na Trindade Santa,
porém creio muito mais

na trindade das Mulatas
de Dona Marta Sobral:

Nas quais espero salvar-me
principalmente na Irmã
mais velha, que chamam Quita,
que é jangada universal.

Deixo muito encomendado
ao Vigário do lugar,
que não me enterre em sagrado,
que interdito ficará.

Não porque vá excomungado
por bula alguma papal,
pois sempre vivi faminto
de papas, e cardeais.

Mas não quero, que me enterrem
na Igreja paroquial,
porque fico muito perto
da quatrinca cavalar.

E temo, que à meia-noite
me venham desenterrar
este miserável corpo
com unhas, e com queixais.

Este miserável corpo,
que sendo tão natural,
querem, que seja feitiço,
e feitiço há de ficar.

Com que uma, e mil vezes peço
ao Cura, que é tão sagaz,

pois hão de fazê-lo em caldos,
que o mande lançar ao mar.

Lá o comam caranguejos,
que ver será menos mal
um homem nos caranguejos,
que os homens caranguejar.

E se enfeitiçar os peixes,
comendo o meu rosalgar,
com peixes enfeitiçados
que mal às Quitas irá.

Ao primeiro piscar de olho
os mandará Quita entrar,
e ao que não deitar consigo
ao menos o escamará.

A casa se verá farta,
e de sorte abundará,
que descanse a Cajaíba,
e as negras de mariscar.

Irá crescendo nas honras
Mandu caraça, que já
se jacta de ter cunhado
tão fidalgo, e tão galã.

Porque me dizem, que diz,
muito devo à minha Irmã,
que se dorme c'um fidalgo
só por mais me autorizar.

Não serei vil pescador,
ninguém me verá jamais

sobre a proa em ceroulinhas
desonrando tais Irmãs.

Mil honras devo a Marana,
que se veio amancebar
no segundo ano de puta
c'um fidalgo principal.

Outro tanto devo a Quita,
que lhe soube aconselhar,
ensinando-lhe os maneios,
de que é mestra, e capataz.

E a boa da rapariga
(muito pode o natural)
sendo um ranho, uma criança
saiu puta singular.

Tal conta se tem consigo
que sabe as noites contar,
em que lhe falta a ração,
e um pleito por ela faz.

Mete-lhe a mão na barguilha
ao mano, que dorme já,
e quer queira, quer não queira,
a tamina há de pagar.

Sobre isto há muita galhofa,
que (bendito Deus) tem já
Marana tanta gracinha,
que aos mortos enfadará.

Mas tornando ao testamento,
que me importa já acabar,

porque anda a morte de ronda
com mil demônios atrás:

Quero herdeiro instituir,
pois sei, que não valerá
sem instituição de herdeiro,
conforme o Maranta o traz.

Instituo a Quita enfim
por herdeira universal
dos móveis, e das raízes,
que ganhei com Satanás.

O meu cabaço das ervas
cumbuca de carimã,
a tigela dos angus,
o tacho de aferventar.

O surrão de pele d'Onça,
que tudo cheio achará
de cousas mui importantes
para ventura ganhar.

O braço de um enforcado,
dous dentes, quatro queixais,
buço de Lobo marinho,
sangue de Pomba trocás:

Um olho de galo preto,
cabo de touro negral,
as enxúndias da raposa,
a caquinha de um rapaz,

Mijo de velha zoupeira,
ramela do lagrimal

de Negro torto, e cambaio,
Tinharós, e Mangará.

Que tudo isso val um Reino,
se o souber aferventar
nas noites de São João
por adros, e por quintais:

Na forma, que lhe ensinei,
quando me vinha chupar
a pica todas as noites,
té que vinha arrebentar.

Quando a pica me chupava,
e Antonica por detrás
nos companheiros pegava
para o cano endireitar,

Marana se punha a rir,
mas tratava de ajudar
a Antonica, se cansava
c'o peso dos dous quintais.

E quando entrava Isabel,
como sentia cheirar
o fervedouro das ervas,
que no fogareiro está:

Como é gulosa de tudo,
quanto aos outros vê mascar,
lhe dava com seu remoque,
que belo, e que lindo está.

Como embruxado acabei,
chupado pelo canal,

sendo um cabra tão mirrado,
que não tinha, que chupar.

Mas eu lhe perdoo a Quita,
porque me quero salvar,
e porque como aprendia,
chupava, que chuparás.

A minha bençāo lhe deixo,
e a encomendo a Barrabás,
que a tenha na sua graça
para seu gozo alcançar.

Com isso tenho acabado
meu testamento, e me apraz,
que mo cumpra inteiramente
minha herdeira universal.

 [298-301]

Indo o Poeta passear pela Ilha da Cajaíba, encontrou lavando roupa a Mulata Anica e lhe fez este

Romance

Achei Anica na fonte
lavando sobre uma pedra
mais corrente, que a mesma água,
mais limpa, que a fonte mesma.

Salvei-a, achei-a cortês,
falei-a, achei-a discreta,
namorei-a, achei-a dura,
queixei-me, voltou-se em penha.

Fui dar à Ilha uma volta,
tornei à fonte, e achei-a:
riu-se, não sei se de mim,
e eu ri-me todo para ela.

Dei-lhe segunda investida,
e achei-a com mais clemência,
desculpou-se com o amigo,
que estava entonces na terra.

Conchavamos, que eu voltasse
na segunda quarta-feira,
que fosse à costa da Ilha,
e não pusesse pé em terra,

Que ela viria buscar-me
com segredo, e diligência,

para na primeira noite
lhe dar a sacudidela.

Depois de feito o conchavo
passei o dia com ela,
eu deitado a uma sombra,
ela batendo na pedra.

Tanto deu, tanto bateu
co'a barriga, e co'as cadeiras,
que me deu a anca fendida
mil tentações de fodê-la.

Quando lhe vi a culatra
tão tremente, e tão tremenda,
punha eu os olhos em alvo,
e dizia, Amor, paciência.

O sabão, que pelas coxas
corria escuma desfeita,
dizia-lhe eu, que seriam
gotas, que Anica já dera.

Porque segundo jogava
desde a popa à proa, a perna,
antes de eu lhe ter chegado,
entendi, que se viera.

De quando em quando esfregava
a roupa ao carão da pedra,
e eu disse "mate-me Deus
com puta, que assim se esfrega".

Anica a roupa torcia,
e torcendo-a ela mesma,

eu era, quem mais torcia,
que assim faz, quem não pespega.

Estendeu a roupa ao sol,
o qual levado da inveja
por quitar-me aquela glória,
lha enxugou a toda a pressa.

Recolheu Anica a roupa,
dobrou-a, e pô-la na cesta,
foi para casa, e deixou-me
a la Luna de Valencia.

 [301-302]

Galanteava o Poeta segunda vez a esta mesma Anica com este

Romance

Querem matar-me os teus olhos,
Anica, e sinto somente,
que se hão de ver-me, e matar-me,
que me matem com não ver-me.

Já que o não ver-te me mata,
deixa morrer-me de ver-te,
porque o morrer a teus olhos
dá gosto, ao que se padece.

Se a morte minha há de ser,
tu por que o achaque eleges?
de não ver-te qués, que eu morra,
de ver-te por que não queres?

Se viras como me morro,
morrera eu assim contente,
vendo-me morto por ti,
e a ti sem asco de ver-me.

Dos mais te guarda, e não vivam,
eu morra de ver-te sempre,
porque tão gloriosa morte
quero para mim somente.

Já que Deus te deu bom rosto,
Anica ingrata, aparece,

muda antes de parecer,
do que não de aparecer-me.

Pelos teus olhos te peço,
que este romance contemples,
que inda farás nisso menos,
do que eu fizera por eles.

ESTRIBILHO
Não, Anica, te escondas,
aparece sempre,
que o ser bem parecida
disso depende.

81 [303-305]

Repete o Poeta esta mesma rogativa ouvindo-a em uma ocasião cantar com a singular graça que tinha.

Décimas

1
Anica, o que me quereis,
que tanto me enfeitiçais,
uma vez quando cantais,
e outra quando apareceis:
se por matar-me o fazeis,
fazei esse crime atroz
de matar-me sós por sós,
para que eu tenha o socorro,
que vendo, que por vós morro,
viva de morrer por vós.

2
Matar-me eu o sofrerei,
mas sofrei também chegar-me,
que ter asco de matar-me
jamais o consentirei:
fugir, e matar não sei,
Ana, como o conseguis?
mas se a minha sorte o quis,
e vós, Ana, o intentais,
não podeis matar-me mais,
do que quando me fugis.

3
Chegai, e matai-me já;
mas chegando estou já morto,

causa, que me tem absorto
matar-me, quem não me dá:
chegai, Ana, para cá
para dar-me essa ferida,
porque fugir de corrida,
e matar-me dessa sorte,
se o vejo na minha morte,
o não vi na minha vida.

4
Não sei, que pós foram estes,
que n'alma me derramastes,
não sei, com que me matastes,
não sei, o que me fizestes:
sei, que aqui aparecestes,
e vendo-vos com antolhos,
topei com tantos abrolhos
na vossa dura conquista,
que me tirastes a vista,
e me quebrastes os olhos.

Recatava-se Anica deixando-se ver por indulgência.

Romance

Não te posso ver, Anica,
por mais que Amor me desperte,
que tu és muito tirana,
e serás ingrata sempre.

Se foras compadecida,
não cessara de querer-te,
pois a beleza humanada
adquire mil interesses.

Inda assim eu quero, Anica,
que tu me mates mil vezes
com os raios da tua ira
mais do que com te esconderes.

Porque és, Anica, tão bela
que a alma, que por ti se perde,
não pode deixar de ter
muitas glórias aparentes.

Permite por esta vez,
que o teu resplendor contemple,
para ofertar-lhe mil vidas
hoje em holocausto breve.

E se acaso é divindade
a beleza, quem se atreve,

sendo bela, a ser ingrata,
se os atributos desmente?

Havemos de acomodar-nos
na porfia de querer-te,
matem-me embora os teus raios,
porém aparece sempre.

Mate-me a tua isenção,
que eu não cesso de querer-te,
consumam-se os teus rigores
com condição de me veres.

Desempulha-se o Poeta depois de gozar esta Dama de uns sapatos que lhe pediu.

Romance

Um cruzado pede o homem,
Anica, pelos sapatos,
mas eu ponho isso à viola
na postura do cruzado:

Diz, que são de sete pontos,
mas como eu tanjo rasgado,
nem nesses pontos me meto,
nem me tiro desses trastos.

Inda assim se eu não soubera
o como tens trastejado
na banza dos meus sentidos
pondo-me a viola em cacos:

O cruzado pagaria,
já que fui tão desgraçado,
que buli co'a escaravelha,
e toquei sobre o buraco.

Porém como já conheço,
que o teu instrumento é baixo,
e são tão falsas as cordas,
que quebram a cada passo:

Não te rasgo, nem ponteio,
não te ato, nem desato,

que pelo tom, que me tanges,
pelo mesmo tom te danço.

Busca a outros temperilhos,
que eu já estou destemperado,
estou para me rasgar
minhas cousas cachimbando.

Se tens o cruzado, Anica,
manda tirar os sapatos,
e se não lembre-te o tempo,
que andaste de pé rapado.

E andarás mais bem segura,
que isto de pisar em saltos,
é susto para quem pisa,
e ao que paga, é sobressalto.

Quem te curte o cordovão,
por que te não dá sapatos?
mas eu, que te roo o osso,
é que hei de pagar o pato?

Que diria, quem te visse
no meu dinheiro pisando?
diria, que quem t'o deu,
ou era besta, ou cavalo.

Pois porque não digam isso,
leve-me a mim São Fernando,
se os der, e se tu os calçares
leve-te logo o diabo.

Demais, que estou de caminho,
e seria mui grande asno

estar para dar à sola,
e a ti deixar-te os sapatos.

Agora se eu cá tornar,
trarei peles de veado,
para dar-te umas chinelas
duráveis, que é mais barato.

Fica-te na paz de Deus,
saudades até quando;
vem-te despedir de mim,
porque de hoje a oito parto.

Divertia-se o Poeta com Maria João, e persuade agora a outra chamada Mariquita, que a venha visitar somente por traça de a ver.

Décimas

1
Vossarcê Senhora Quita,
para quem ama, já tarda
a uma Madama galharda,
que por você se esganita:
e quem de saudades grita,
e de tristeza emudece,
sobre o pouco que merece,
justifica o meu dizer,
que você a quem bem lhe quer,
foge, que desaparece.

2
Se não há lá uma canoa,
poremos de cá uma prancha,
e por falta irá a Lancha
c'os esteiros da camboa:
Antonica venha à toa
sobre um esteiro em castigo
de ficar com seu amigo,
e deixar de ver a Irmã,
que da noite até a manhã
te mói como o bom trigo.

A Mãe de Maria João chamada Isabel não levava em gosto as amizades de sua Filha com o Poeta, ou se temia de Mariquita, e ocasionando enredos o Poeta lhe canta a moliana.

Décimas

1
Já que a puta Zabelona
anda morta por me ouvir,
eu lhe corto de vestir,
que anda despida a putona:
se eu disse, que a sua cona
trazia a borda desfeita,
já creio, que a tem perfeita,
que estando dos eixos fora,
quem nela bateu agora,
agora lha pôs direita.

2
Em uma direita porta
feita por bom capinteiro,
quem nela bateu primeiro
esse primeiro a entorta:
mas depois de estar já torta,
e depois que se entortou,
o malho, que ali malhou,
se malhar, e porfiar,
ou a porta há de quebrar,
ou o malho a endireitou.

3
Tudo isto a Zabel se ajeita:
a borda ia desvairada,
deram-lhe tanta pancada,
que isso mesmo a pôs direita:
e a Filha é moça escorreita,
e basta, que o dissesse eu,
mas como o mesmo correu,
e os mesmos passos andou,
se transes a Mãe passou,
o mesmo lhe sucedeu.

4
Se falam de Bibiana,
tudo Bibiana fora,
a preta é muito Senhora,
mas branca, amorosa, humana:
Maria é mui desumana,
sacudida, e pespegada,
e esta cansada jornada,
que faz ao rio das pedras,
se faz pelas suas medras
sei, que me deixa por nada.

5
Por nada, e menos de nada,
pois por um negro cueiro
mui negro, e mui lamareiro
se faz sua camarada:
o Preto é porra tisnada
mas sobre ser porra dura,
é porra dura, que atura,
o Branco mais lindo, e belo
é porra de caramelo,
desfaz-se na cozedura.

6
O medo de vir à Ilha
foi mui bem considerado,
pretexto se dá ao pecado,
da má Mãe nasce a má Filha:
a mim, não me maravilha,
que do Branco fuja a Preta;
mas se a Mãe é tão discreta,
como não lhe entra no peito,
que aqui se me tem respeito,
ou por branco, ou por poeta.

7
Quem olhos levantaria
para Maria João,
vendo, que no coração
trago a João, e a Maria?
escusas de cada dia
são sempre, as que dá uma puta,
e por dar fim à disputa,
vão embora por seu pé
aos montes de Gelboé,
que cá não me falta fruta.

8
Siris nem moles, nem duros
tocam a tão alta saia,
que isto de ir servir à praia,
são serviços de monturos:
lavar serviços impuros,
como é serviço do mar,
isto mesmo é mariscar,
e as negrinhas desta Ilha
mariscam por maravilha
só por nos maravilhar.

9
Se quis esses bons siris,
que não lhes nego a bondade,
bem sabe a minha vontade,
que os há cá muito gentis:
e se por lisonja o fiz,
e os pedi por agradar,
a quem tem gosto de os dar,
agora me emendarei,
e jamais os pedirei
às Negras de mariscar.

10
Esta Maria João
de conselhos bem guiada
está bem aconselhada
mas põe sempre a mão no chão:
se os conselhos, que lhe dão,
lhos dá, quem os há mister,
triste da pobre mulher,
que há de obrar pelo conselho
do pobre cueiro velho,
que não tem, o que há mister.

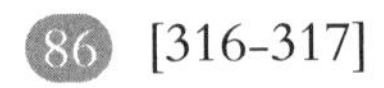

Retira-se o Poeta e descreve por consoantes forçados de que maneira.

Soneto

Depois de consoarmos um tramoço,
A noite se passou jogando a polha,
Amanheceu, e pôs-se-nos a olha
De que não sobejou caldo, nem osso.

Reinou, por não ficar-lhe nada, o Moço,
De um berro, que lhe dei, fiz-lhe uma bolha,
Rasguei-lhe uma camisa ainda em folha,
E a cea se acabou, jantar, e almoço.

O Moço tal se despediu por isso,
E eu fiquei a beber vinho sem gesso
Sobre ovos moles, que me pus um uço.

Neste tempo topei de amor o enguiço,
Tive com Antonica o meu tropeço,
E parti de carreira no meu ruço.

87 [317-321]

Torna o Poeta ao sítio, e Cajaíba, e se admira das mudanças, em que o vê.

Décimas

1
Está o sítio esgotado
das Putas, que lhe deixei,
pois apenas nele achei
o bagaço do pecado:
Polônia me dá enfado,
e sua ausência me embaça,
porque se a boca arregaça,
com tanta graça se ria,
que eu lhe disse, que podia
rir-se até da mesma Graça.

2
Faltam outras, que eu deixei,
como é lnácia Barrosa,
que inda que puta escabrosa,
presta, para o que eu bem sei:
falta a do aqui-d'El-Rei
a Beleta gritadeira,
que se gruda de maneira
com xaropes, que cozinha,
que fica uma donzelinha,
e não sabe à parideira.

3
Falta a Gafeira dos gatos,
que movida da consciência

fala ao Branco em penitência
de se dormir c'os Mulatos:
deixou negregados tratos,
e quis a um Branco arrimar-se,
não mais que para emendar-se,
e assim ao branco amigão
tem por mortificação,
por ver se pode salvar-se.

4
Falta, pois nunca aparece,
Lourença, que chamam Cuia,
que com cara de aleluia
nem por isso me apetece:
e se ela desaparece
por guardar ao Mano fé,
não me meto eu no porquê,
mas puta tão desluzida,
ande-se embora escondida,
que me faz muita mercê.

5
Falta Benedita cuja
vasquinha, ou saia vermelha,
suposto que cristã velha
não deixava de ser suja:
falta, porque era coruja,
e toda a noite vagava,
e a quantos homens topava
(diziam-me alguns mirones)
que não sabe dizer nones,
e assim aos pares se dava.

6
Falta Luzia a Sapata,
que estava na Cajaíba,

arriba, putas, arriba,
não se torne a Ilha em mata:
falta uma, e Outra Mulata,
e se acaso se acha aqui
a Conga, a Calabari,
e outras Negras no folguedo,
como as dorme o Azevedo,
quem há de ir folgar-se ali?

7
Vou-me do sítio famoso
queixoso, e desesperado,
das Mulatas esfaimado,
das Negras escrupuloso:
não torno a tal rio undoso,
que tanto pisei, e enquanto
me recolho em um recanto,
onde à vida veja o cabo,
o sítio va c'o diabo,
e as Mulatas outro tanto.

8
Não falo nas nossas Quitas,
nas Maranas, nas Antônias,
que as mais são umas demônias,
e estas umas Angelitas:
as mais são umas malditas,
que fedem sempre ao peixum;
na praça comerei um
salmonete singular,
e aqui não quero trocar
a Cioba pelo Atum.

 [321-325]

Descreve segunda vez aquelas mudanças, satirizando de caminho ao Azevedo feitor-mor do engenho.

Décimas

1
Segunda vez tomo a pena
para tão longe voar,
que sai o sítio a enforcar
por sentença, que o condena:
a culpa não é pequena
de estar o sítio a pé quedo
suportando o Azevedo,
que anda por este lugar
de contino a fornicar
as negras a puro dedo.

2
Haverá, Azevedo, alguém
que não raive até morrer
de ver, que queirais vós ter
o gosto, que os homens têm?
e eu raivo mais que ninguém,
pois sois um triste azamel,
que com pica de cordel,
como a não podeis fincar,
quereis o sundo levar
às dedadas como mel.

3
Eu vos desengano logo,
que isto é só para o varão,

que vê a caça, e ergue o cão,
e de improviso dá fogo:
não é para vós o jogo,
nem para os vossos lanções,
pois nunca meteis os bois,
nem tendes bois, que meter,
e se homem sois, ou mulher
não se sabe inda, o que sois.

4
Se furtais tanto fragmento
de açúcar para as mulheres,
pode ser, se lho não deres,
que tenhais entendimento:
não faleis em casamento,
com que o demo vos atiça,
porque essa Moça castiça
cento, e cinquenta lhe achais,
e vós triste não entrais
com cinquenta réis de piça.

5
Pedis a Moça, que vistes
a fim só de a enganar,
porque o mais, que lhe heis de dar,
serão quatro beijos tristes:
se eu sei, que nunca cumpristes,
que disso Teodora brama,
porque o dedo não derrama,
como é possível querer,
que se contente a mulher,
do que escarnece uma Dama.

6
Verdade é, que na ocasião
destas comédias passadas

deixou muitas namoradas
vossa representação:
mas a vossa locução
deixou o Povo tão cego,
tão confuso, e sem sossego,
que ninguém sabe atinar
se Português Malavar
sois, se castelhano Grego.

7
Pois a Moça se tem míngua
de casar por ser mulher,
como vos há de entender,
se não sabe a vossa língua:
deixai, Azevedo, essa íngua
de casar, que é má doença,
e pois Amor vos dispensa,
que mil catingas cheireis,
com branca vos não deiteis,
que heis de morrer de corrença.

8
Ponde, Azevedo, o cuidado
em ser gente, e não sendeiro,
que o ser home está primeiro,
e depois o ser casado:
se vos não tem dispensado
vossa natureza atroz
para ser home entre nós,
como contra o natural
quereis mulher racional,
sendo vós um catrapós?

 [325-328]

Terceira vez acomete aquela empresa queixando-se contra Mariquita por se fingir doente.

Décimas

1
Vim ao sítio n'um lanchão,
Quita, e tudo achei trocado,
vós com peito atraiçoado,
e eu vendido por traição:
vós, Quita, nesta ocasião
fingistes-vos doentinha:
pálida estava a carinha,
mas tudo embustes de moça,
com que fizestes a vossa,
e eu, Quita, não fiz a minha.

2
Toda a casa vi inclinada
aos três vizinhos Cupidos,
são sóis de novo nascidos,
e eu sou lua já minguada:
não pude então fazer nada,
porque estáveis vós então
com tanta declinação
de carnes, e de saúde,
que nunca convosco pude
fazer minha obrigação.

3
De achar-vos esquiva, e dura
pudera eu escarmentar,

e contudo hei de tornar
ao Sítio provar ventura:
sempre alcança, quem atura,
quem não sofre, nada alcança,
hei de ir ver se acho bonança
no vosso mar alterado,
e perderei o esperado,
mas não perco a esperança.

4
Que vou às festas lograr
crerá todo o Sítio inteiro,
e eu vou ao vosso poleiro,
não mais que por vos galar:
se outra vez vos vir queixar
com fingimento traidor,
que vos aperta uma dor,
hei de vos dar um conselho,
é que metais de vermelho,
e logo tomareis cor.

5
Quita, entendidos estamos,
e a doença está distinta,
vós andais muito faminta
disto, que cópia chamamos:
e pois ambos lazaramos
deste mal pestilencial,
ambos curemos o mal,
tomai por curar a fome
o caldo dos grãos de home,
que é muito substancial.

6
Para ter contentamento
os rins tendes de escorrer,

aliás heis de morrer,
Quita, de sêmen retento:
eu faço um protestamento,
de que não morreis por mim,
porquanto assim, ou assim
tronco velho, ou pau moçiço
estou ao vosso serviço
com armas, e com rocim.

Quarta admiração que lhe causaram as mudanças do sítio.

Décimas

1
Ou o sítio se acabou,
ou o mudaram, daqui,
ou eu às cegas o vi,
e a cegueira me cegou:
quando o sítio me logrou,
ou eu o sítio lograva,
o sítio me enfeitiçava,
pelo sítio me morria,
pelas fêmeas, que ali via,
pelas saídas, que achava.

2
Havia umas fermosuras
mui ledas, e mui louçãs
para qualquer sim mui chãs
para qualquer não mui duras:
hoje há quatro más figuras
mui presumidas, e inchadas,
querem-se muito adoradas,
porém com pretexto errado,
e é, que ao fazer do pecado
são fidalgas estiradas.

3
Outras putinhas malsins
me têm cercado de sorte,

que por ver-me em mãos da morte
não me dão descarga aos rins:
mas como nestes confins
tenho tanta parentela,
dando uma vista a Castela
me deparou logo Amor
na terra uma linda flor,
no céu uma rica estrela.

4

Fretei-a a pouco trabalho,
e mui pouco me custou,
porque era do ferro, ou
porque era amiga do alho:
veio buscar-me sem falho,
inda durava o luar,
não veio para ficar,
mas eu contudo finquei-o:
com que se a ficar não veio,
contudo veio a fincar.

5

Como tenho já segura
a carne no garavato,
me rio, que o sítio ingrato
tenha, ou não tenha fartura:
porque em sendo conjuntura,
que é lá pela noite alta,
nunca a Mulatinha falta,
e dëm-me outra Parda forra
em que tudo isto concorra,
geme, gosta, atura, e salta.

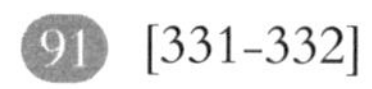

Continua em galantear aquela Mariquita Filha da Zabelona, que já adiante dissemos.

Romance

Quita, São Pedro me leve,
se eu me não morro por vós,
e por ser da vossa boca
um perpétuo Pica-flor.

Por isso me escandalizam
respostadas tão sem som,
pois aquilo, que mais quero,
nunca o acho a meu favor.

Mal me vai co'a vossa boca,
c'os dentes inda peior,
pois dos dentes para dentro
nunca este amor vos entrou.

Servi-vos, Senhora Quita,
de ter-me um pouco de amor,
ao menos de consentir,
que eu vos tenha amor a vós.

Já me contento com pouco,
só quero, Quita, de vós,
que passemos a Catala,
e seja isto quando for.

Que quem esperou cinco anos
por um pequeno favor,

esperará por chegar-vos
mais, do que esperou Jacó.

Porém falai-me verdade,
que a uma mulher de primor
costumo pagar co'a vida
um carinho, um favor só.

Zombai vós da Zabelinha,
que me tem mortal rancor,
e odiosa a Portugal
só de Castela gostou.

Zombai vós de todo o mundo,
que o mundo nunca falou
verdade, e eu vo-la trato
nesta confissão de amor.

92 [333-335]

À Mesma Mulata mandando ao Poeta um passarinho.

Décimas

1
Este favor, que é valia,
diz Amor, porque se afoite,
que, o que me destes de noite,
quisestes mandar de dia:
foi favor por simpatia,
porém, que seja, me espanta
esse pássaro, que encanta,
quando de músico aposta,
de noite uma ave, que gosta,
de dia uma ave, que canta.

2
Certo, que amor presumiu,
quando o pássaro apalpei,
que, o que de noite vos dei,
pela manhã vos fugiu:
mas se este efeito vos viu,
meus amores, certifico,
que o tal passarinho rico
foi por singular razão
de noite a buscar o grão,
de dia a molhar o bico.

3
És galharda Mariquita
desvelo dos meus sentidos,
pois em continos gemidos

vivo por lograr tal dita:
meu coração me palpita,
quando te vejo passar
com tal garbo, e com tal ar,
que deixas-me alma perdida,
e se me podes dar vida,
porque me queres matar?

4

Minha rica Mulatinha
desvelo, e cuidado meu,
eu já fora todo teu,
e tu foras toda minha:
juro-te, minha vidinha,
se acaso minha qués ser,
que todo me hei de acender
em ser teu amante fino
pois por ti já perco o tino;
e ando para morrer.

 [335-337]

Retira-se desdenhosa do Poeta para um Soldado de Cupido a tempo, que ele fazia o mesmo com Anica.

Décimas

1
Quita, como vos achais
com esta troca tão rica?
eu vos troco por Anica,
vós por Nico me deixais:
vós de mim não vos queixais,
eu, Quita, de vós me queixo,
e pondo a cousa em seu eixo,
a mim com razão me tem,
pois me deixais por ninguém,
e eu por Anica vos deixo.

2
Vós por um Dom Patarata
trocais um Doutor em Leis,
e eu troco, como sabeis,
uma por outra Mulata:
vós fostes comigo ingrata
com grosseira ingratidão,
eu não fui ingrato não,
e quem troca odre por odre
um deles há de ser podre,
e eu sou na troca odre são.

3
Eu com Anica querida
me remexo como posso,

vós c'o Patarata vosso
estareis bem remexida:
nesta desigual partida
leve o diabo o enganado,
porque eu acho no trocado,
que me vim a melhorar
mais na Moça por soldar,
que vós no Moço soldado.

4
Se bem vos não vai na troca
pela antiga benquerença,
eu sou de tão boa avença,
que farei logo a destroca:
porém se Amor vos provoca
a dar-me outros novos zelos,
hemos de lançar os pelos
ao ar por seguridade,
e eu sei, que a vossa amizade
há de custar-me os cabelos.

Agrada-se dos donaires de uma Cabrinha do Padre Simão Ferreira e lhe faz o seguinte

Romance

Córdula da minha vida,
Mulatinha da minha alma,
leda como as aleluias,
e garrida como as Páscoas.

Valha-te Deus por cabrinha,
valha-te Deus por Mulata,
e valha-me Deus a mim,
que me meto em guardar cabras.

Quando te apolego as tetas
como uns marmelos inchadas,
me dão tentações, porque
cuido, que são marmeladas.

Tu me matas de donzela
porque, Córdula, te gabas
de virgo, sendo que Virgo
nunca em Capricórnio anda.

Passei pela tua porta,
estavas junto da casa,
chamei-te, achei-te cortês,
vieste, e foste tirana.

Porque apenas t'o pedi,
quando me viraste a cara,

e c'o cabaço, que finges,
me deste mil cabeçadas.

Enfim me destes o sim,
com que creio, que me enganas,
porque se há xinxim de brancas,
tu és o xinxim das cabras.

Por esta cara te juro,
que em dando-te a virotada,
me hás de rondar pela porta,
me hás de puxar pela capa.

95 [339-341]

Como a não pode de nenhuma sorte alcançar a descompõe.

Décimas

1

A Cabra de Cajaíba
serva do Padre Simão
é grandíssimo putão,
e no virgo inda se estriba:
virgo abaixo, virgo arriba
já de escutá-la me encalmo,
pois enquanto reza um salmo
o Padre entre os arvoredos,
sai com virgo de três dedos,
e entra com virgo de palmo.

2

A Cabra é puta cambaia,
e em sentindo o membro à vela
por fingir, que inda é donzela,
quando fode, se desmaia:
faminta discorre a praia,
que chamamos o Apicu,
e topando um negro nu,
o visita como amigo
ela a ele a par do embigo,
ele a ela a par do cu.

3

Sobre toda esta fodenga
de membros como pivetes,

se lhe fala um Branco em fretes
co'a donzelice o derrenga:
e depois que à muita arenga
a tem convencido já,
lhe responde, que ela irá,
e indo, ela manda dizer,
que para o Padre beber
pisando está carimá.

4
Maldito seja tal caldo,
e tal mingau de Aratus,
que boto a Deus, e a Jesus,
que de ouvi-lo só me escaldo:
tanta pimenta rescaldo,
tanta manipuba impressa
no vão da tal boa peça,
na tal puta Jacutinga
faz, com que sobre a catinga
a manipuba me fessa.

5
Ela à manipuba fede,
ela fede à carimá
e me fede a Cabra já
sobretudo, porque pede:
pede, e diz, que o que lhe impede
fazer as suas sortidas,
são duas fraldas cosidas,
e um cabeção para a praia,
e sempre pede uma saia
para fazer as saídas.

6
Serve a negros de investir
com tamanho pé-de-banco,

e quer a Cabra, que um Branco
sirva a dar-lhe de vestir:
para o puto que rustir
tal concerto, e tal partido,
que eu sem ter leso o sentido
não posso ser tão sendeiro,
que despenda o meu dinheiro
por um fedor tão fodido.

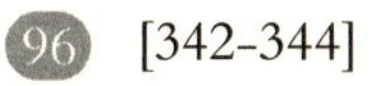

Namora-se de Outra chamada Beleta, ou Isabel, a quem faz o seguinte.

MOTE
Desde que, Isabel, te vi,
tal fiquei, que desde então
em mim se verá, quem não
sabe já parte de si.

Glosa

1
Jactou-se o meu alvedrio
de nascer com isenção
contra a dura escravidão
de Amor, e seu Senhorio:
como neste altivo brio
vivo, desde que nasci,
agora que me rendi,
confessa com suma dor,
que é já vassalo de Amor,
Desde que, Isabel, te vi.

2
E como não sei contar-te,
nem posso formar conceito
qual foi primeiro em meu peito
se o ver-te, se o adorar-te,
e sei, que de ver-te, e amar-te
foi tudo uma ocasião,
por resolver a questão

de quando entrei a querer-te,
digo, que ao tempo de ver-te
Tal fiquei, que desde então.

3
Tal fiquei, e tão absorto,
quando vi tua beleza,
que a minha menor fineza
é amar, a quem me tem morto:
e como a viver me exorto
só por lograr a ocasião
de pensar meu coração,
tendo-se visto, quem já
por não penar morrerá,
em mim se verá, quem não.

4
Em mim se verá cumprida
a mor afeição de sorte,
que porque dure até à morte,
por padecer guarde a vida;
afeição jamais ouvida,
amor não visto até aqui
ficará, Isabel, de ti,
mas como enfim t'o diria,
quem por nenhum modo, ou via
Sabe já parte de si.

Como o não quis admitir, a descompõe no seguinte

Soneto

Beleta, a vossa perna tão chagada
Olha poderá ser pelo podrida,
Mas eu não quero Olha em minha vida
Podrida pelo mal inficionada.

Estais tão lazarenta, e empestada,
Tão ética, mirrada, e corcomida,
Que uma pilhancra vossa bem moída
Servirá de peçonha refinada.

O que vos gabo é ser presuntuosa
Em tal calamidade, em tal miséria,
Como se a podridão fora formosa.

Mas se acaso vos dói, Dona Lazéria,
O gume deste verso, ou desta prosa,
Sabei que o vosso humor deu a matéria.

 [345-350]

Aconteceu que falando esta Isabel com um Sertanejo, foi por ele achada com Alexandre de Souza Marques, rapaz, de quem o Poeta se enfurecia zeloso, e descreve, a carreira, que o Sertanejo lhe deu.

Décimas

1
Colheu-vos na esparrela
o Tabaréu inimigo,
vós queríeis o postigo,
e tomastes a janela:
Beleta de sentinela
vendo-vos dentro da praça
deu um tiro, e à fumaça
acudiu logo o Tenente,
fugistes, que o mais valente
nas mãos do inimigo embaça.

2
Como do postigo a malha
ocupou logo o Tenente,
vós em risco tão urgente
saltastes pela muralha:
se caísseis sobre a palha,
livráreis com menos perda,
mas como Beleta é esquerda,
e o laço vos pôs no chão,
não caístes na traição,
porém caístes na merda.

3

As mãos pusestes no chão,
e sentindo a terra branda,
da brandura, que tresanda,
tivestes má presunção:
e assim discorrendo então,
se aquela papa-moleta
era favor, ou era treta,
por informes do nariz
soubestes mais de raiz,
que era caca de Beleta.

4

Então mais precipitado
fostes fugindo ao perigo,
menos do ferro inimigo,
que de Beleta ao ferrado:
deixando o mato roçado,
e a poia menos pomposa
vos pondes em polvorosa,
que é menos para temido
qualquer zeloso ofendido,
que uma Puta cagajosa.

5

Não me espanto não da perda
que então teve o tal vinagre,
porque como o Moço é bagre
se havia de ir logo à merda:
espanta-me que tão lerda
fosse uma Puta velhaca,
pois não lhe dando uma ataca
ele, e sendo ela mesquinha,
lhe sofresse a passarinha,
que ele lhe rapasse a caca.

6
Tanto Beleta se ria,
que me dizem, que afirmara,
que a caca de então ficara
açúcar de Alexandria:
eu não sei, porque o dizia,
só sei, que aqui se contou,
que porque a merda pisou
um Alexandre, a velhaca
dissera, que a sua caca
Alexandria ficou.

7
Como estranha a má pessoa,
que o seu segredo não dura,
se dorme com tô forçura,
que todo o lanço apregoa?
que esperava a Tabaroa
de um inocente sendeiro
raso de barba, e dinheiro?
que esperava esta velhaca?
que ele se borre de caca,
e ela lhe alimpe o cueiro.

8
Beleta é olha podrida,
de que Deus livre meu odre,
e se é ardida, como é podre,
não vi puta mais ardida:
está de sarna manida,
e anda gafa de coceira,
a cara é uma caveira,
a carne pilha morrinha,
e porque é puta ratinha,
mora em uma ratoeira.

9

Beleta, como passais
nesta troca tão bizarra:
eu vos dou pela bandarra,
vós por bandarra me dais:
se vós de mim vos queixais,
eu também de vós me queixo,
e pondo a cousa em seu eixo,
a mim por razão me vem,
pois me deixais por ninguém,
como eu por alguém vos deixo.

10

Vós por um Dom Tabaréu
deixais um Doutor em Leis,
eu deixo, como sabeis,
um bagre por um xaréu:
vós me quitais o chapéu
com infame ingratidão,
eu não fui ingrato não,
e quem troca odre por odre,
um deles há de ser podre,
e o meu nesta troca é são.

Queixava-se Isabel do Poeta, e ele a satisfaz cavilosamente neste

Romance

Beleta, eu zombeteava,
que nunca falei deveras
satirizando as amigas,
senão contando finezas.

Vós não dormis c'o Alexandre,
nem o rapaz tal intenta,
nem da janela saltou,
nem foi passado por merda.

Tudo é embustes de moços,
tudo são contos de velhas,
e se o sítio o diz assim,
mente o sítio, e toda a terra.

Mas quem ao Amor tirará,
que mil ciúmes conceba
da mais pequena mentira,
e da mais leve suspeita.

Eu ouvia, e escutava,
e passava estas misérias
de manhã pelos ouvidos,
de tarde pelas orelhas.

Entendi, que assim seria,
imaginei, que assim era,

que a um amor de bom gosto
sempre acompanha má estrela.

Senti a minha fortuna,
queixei-me da vossa ofensa:
quem com finezas ofende,
como agradará com queixas?

Mujer llora, y vencerás,
dizia o douto Poeta,
vós chorastes, e vencestes,
e eu choro, por quem me vença.

Estais tão justificada
no juízo das suspeitas,
que Amor vos absolve já,
se lhe prometeis emenda.

Retirai-vos de rapazes,
que é gente, que se conversa,
é força, que infame a casa,
pelas cócegas, que deixa.

Enxugai, Beleta, o pranto,
em riso se torne a queixa,
comei cajus, e voltai,
que a minha fruita está certa.

100 [352-354]

Outra Mulata clara chamada Joana Gafeira camarada desta Isabel se desviava do Poeta temendo a sua língua, e ele desejoso de a conversar, e desconfiado de o poder conseguir lhe faz este

Romance

Aqui-d'El-Rei, que me matam
Gafeira os vossos desdéns:
eu não vi Parda tão branca
com tão negro proceder.

Como consente, que digam,
que tão grande puta é,
que deixa por um Mulato
um homem de branca tez?

Uma Mulata tão linda,
que da cabeça até os pés
é uma estampa de Vênus
debuxadinha ao pincel?

De vos chamarem Gafeira
vimos todos a entender,
que andais gafa de Mulatos,
e expurgar-vos não podeis.

Morreis pelas palmatórias,
Putinha, porque sabeis,
que sois carreta medida
pelos canhões do seu trem.

E pois estais tão batida,
como muralha de Argel
de tantos canhões de alcance,
quantos Mulatos fodeis:

Daqui vos digo, Putinha,
que me arrependo, de que
meus recados vos chegassem,
pelo muito que fedeis.

Do vosso fedor se queixa
até Sergipe d'El-Rei,
por ser o sovaco, e vaso
putiú, catinga, e pez.

Eu me sinto feder tanto
de haver-vos visto uma vez,
que hei de lavar neste rio
olhos, pensamento, e pés.

Os olhos, porque vos viram,
e o pensamento, porque
o tive de cavalgar-vos,
e os pés, porque nisso andei.

Andai, Puta de torresmos,
porque sois, e haveis de ser
puta de membros torrados
por sempre jamais amén.

101 [355-358]

Como a não pode o Poeta lograr, lhe dizia estas, e outras injúrias, como foi o de ser apanhada no bananal com um Frade como já dissemos no livro 2º folha 128: mas ela atravessada graciosamente com o Poeta, lhe fazia carrancas todas as vezes, que o via.

Romance

Não posso cobrar-lhes medo,
Joana, aos vossos focinhos,
que como sois tão formosa,
cede à verdade o fingido.

Tanta olhadura através
tanto focinho torcido,
tanto pescoço empinado,
tanto esguelhado beicinho:

São modos tão estrangeiros,
alheios, e peregrinos
das perfeições naturais
do vosso rosto divino;

Que jamais podem fazer
no meu peito amante, e fino
retorceder as tenções,
nem arribar os desígnios.

Sempre caminhando avante,
nunca deixando o caminho
ando atrás de ver, se posso
chegar a vosso cativo.

Se me ferrais esta cara
c'um favorzinho de riso,
me hei de rir de farto então
do mundo, e seus regozijos.

Hei de pôr-me a rir então
de sorte, que a riso fito
me hão de ter em todo o orbe
por Demócrito dos risos.

Olharei para Beleta,
e me rirei dos meninos,
que a andam sempre beliscando
qual Mona com seus bugios.

Olharei para Apolônia,
e de a ver entre os corrilhos
de tanta canastra honrada,
que é a nobreza do sítio.

Rirei de ver cada um
ir-se daqui despedido,
entonces mais carregado,
porque entonces mais vazio.

A eles pelas estradas
suspirando pelo sítio,
a ela pelos oiteiros
zombando de tais suspiros.

A eles tomando o tole
para o sertão fugitivos,
tanto fugindo dos anos,
como da conta fugindo.

A ela por capoeiras
estreando c'os meninos
a baetinha dos pobres
a Serafina dos ricos.

Para a Úrsula olharei
e rirei de a ver no Sítio
parafusando caralhos
pela tarraxa do embigo.

Rirei de ver os amantes,
rirei de ver os queridos,
que tendo-se por ditosos,
são em seus gostos mofinos.

E só feliz eu serei,
se logro os vossos carinhos,
e me plantais nesta cara
da vossa boca um beijinho.

Tende-me na vossa graça,
e a queixa se torne em riso,
a malquerença em amor,
e o desfavor em carinho.

102 [358-362]

Chica ou Francisca uma desengraçada crioula, que conversava com o Poeta e se arrepiava toda zelosa de o ver conversar com Maria João, no mesmo tempo, em que ela não fazia escrúpulo de admitir um Mulato.

Décimas

1
Estais dada a Berzabu,
Chica, e não tendes razão,
sofrei-me Maria João,
pois eu vos sofro a Mungu:
vós dais ao rabo, e ao cu,
eu dou ao cu, e ao rabo,
vós com um Negro, um diabo,
eu c'uma Negrinha brava,
pois fique fava por fava,
e quiabo por quiabo.

2
Vós heis de achar-me escorrido,
não vo-lo posso negar,
eu também o hei de achar
remolhado, e rebatido:
assim é igual o partido,
e mesmíssima a razão,
porque quando o vosso cão
dorme co'a minha cadela,
que fique ela por ela,
diz um português rifão.

3
Vós dizeis-me irada, e ingrata,
co'a mão na barguilha posta
"eu me verei bem disposta!"
e eu digo-vos: "quien se mata?
eu vou-me à putinha grata,
e descarrego o culhão,
vós ides ao vosso cão,
e regalais o pasmado,
leve ao diabo o enganado,
e andemos co'a procissão.

4
Chica, fazei-me justiça,
e não vo-la faça eu só,
eu vos deixo o vosso có,
vós deixai-me a minha piça:
e se o demo vos atiça
mamar n'uma e n'outra teta,
pica branca, e pica preta:
eu também por me fartar
quero esta pica trilhar
n'uma greta, e n'outra greta.

5
Dizem, que o ano passado
mantínheis dez fodilhões
branco um, nove canzarrões,
o branco era o dizimado,
o branco era o escornado,
por ter pouco, e brando nabo;
hoje o vosso sujo rabo
me quer a mim dizimar,
que não hei de suportar
ser dízimo do diabo.

6
Chica, dormi-vos por lá,
tendo de negros um cento,
que o pau branco é corticento,
e o negro é jacarandá:
e deixai-me andar por cá
entre as negras do meu jeito,
mas perdendo-me o respeito,
se o vosso guardar quereis,
contra o direito obrareis,
sendo amiga do direito.

7
Sois puta de entranha dura,
e inda que amiga do alho,
sois uma arranha-caralho
sem carinho, nem brandura:
dou ao demo a puta escura,
que estando a todos exposta,
não faz festa ao de que gosta;
dou ao demo o quis vel qui,
que fornica para si,
e não para quem a encosta.

8
Quem não afaga o sendeiro,
de que gosta, e bem lhe sabe,
vá-se dormir c'uma trave,
e esfregue-se c'um coqueiro:
seja o cono presenteiro,
faça o mimo o agasalho
ao membro, que lhe dá o alho,
e se de carinho é escassa,
ou vá se enforcar, ou faça
do seu dedo o seu caralho.

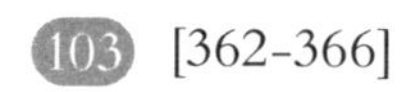

Enfurecido o Poeta daqueles ciúmes descompostos
lhe faz esta horrenda

Anatomia

Vá de aparelho,
vá de painel,
venha um pincel
retratarei a Chica
e seu besbelho.

É pois o caso
que a arte obriga,
que pinte a espiga
da urtiga primeiro,
e logo o vaso.

A negra testa
de cuiambuca
a põe tão cuca,
que testa nasce, e em cuia
desembesta.

Os dous olhinhos
com ser pequenos
são dois venenos,
não do mesmo tamanho,
maiorzinhos.

Nariz de preta
de cocras posto,
que pelo rosto

anda sempre buscando,
onde se meta.

Boca sacada
com tal largura,
que a dentadura
passea por ali
desencalmada.

Barbinha aguda
como sovela,
não temo a ela,
mas hei medo à barba:
Deus me acuda.

Pescoço longo,
socó com saia,
a quem dão vaia
negros, com quem se farta
de mondongo.

Tenho chegado
ao meu feitio
do corpo esguio,
chato de embigo,
erguido a cada lado.

Peito lazeira
tão derribado,
que é retratado
ao peito espaldar
debaixo da viseira.

Junto às cavernas
tem as perninhas

tão delgadinhas,
não sei, como se tem
naquelas pernas.

Cada pé junto
forma a peanha,
onde se amanha
a estátua do pernil,
e do presunto.

Anca de vaca
mui derribada,
mais cavalgada,
que sela de rocim,
charel de faca.

Puta canalha,
torpe, e mal feita,
a quem se ajeita
uma estátua de trapo
cheia de palha.

Vamos ao sundo
de tão mau jeito,
que é largo, e estreito
do rosto estreito, e largo
do profundo.

Um vaso atroz,
cuja portada
é debruada
com releixos na boca,
como noz.

Horrível odre,
que pelo cabo

toma de rabo
andar são, e feder
à cousa podre.

Modos gatunos
tem sempre francos,
arranha os Brancos,
e afaga os membros só
dos Tapanhunos.

Tenho acabada
a obra, agora
rasguem-na embora,
que eu não quero ver Chica
nem pintada.

Ausente por uns dias o Poeta, e posto na Ilha grande por certas diferenças, que teve com André Barbosa, escreve aos amigos suas saudades.

Soneto

Que vai por lá, Senhores Cajaíbas,
Vocês se levam vida regalada,
Com arraia chata, a curimã ovada,
Que lhes forma em dous lados quatro gibas.

Eu nesta Ilha inveja das Maldibas
Estou passando a vida descansada,
Como o bom peixe, a fruita sazonada
À vista de um amor sangue de cibas.

Vocês têm sempre à vista São Francisco
Povo ilustre, metrópole dos montes,
A cuja vista tudo o mais é cisco.

Eu não tenho, que olhar mais que horizontes,
Mas se há de olhar-me lá um basalisco,
Melhor é ver daqui a Ilha das fontes.

 [368-373]

Escreve depois aos mesmos miudamente o sentimento nesta graciosa imagem.

Romance

Tenho amargas saudades
da Senhora Cajaíba,
que é moça de grandes prendas
por Nerência, e pela Chica.

A propósito do que
sinto não ter, quem me diga,
se brotou com estas águas,
e está no tronco florida.

Se tornou já para casa,
ou se anda ainda fugida,
pois é música tão destra
nas fugas de putaria.

Sinto amargas saudades,
como ao princípio dizia,
dos amigos um por um,
e dez por dez das amigas.

O largo, e fresco passeio
me lembra da varandinha,
onde se representavam
as comédias do Faísca.

Onde vinha o Azevedo
ter cuidado da faquinha,

que emprestava aos gaioleiros
chorando lágrimas vivas.

Onde vinha em seus tamancos
os domingos, ou domingas
a contar por Evangelho
tão conhecidas mentiras.

Onde Silvestre o virava
tanto de pernas acima
que passado, e amarelo
ou se calava, ou se ia.

Onde assistia Gregório,
e com manha, ou com malícia
todo o murmúrio encontrava,
porque crescesse a porfia.

Onde Marana também
vinha fartar-se de risa,
mas em chegando Silvestre
com Dona Marta a moía.

Eu nunca vi Dona Marta,
nem Deus tal cousa permita,
mas ela é feia mulher
pela boca das vizinhas.

Sabê-lo-á bem Silvestre,
que quando andava à vigia
pelas noites ao quintal,
via aquela alma perdida?

Quantas vezes a viu ele,
quando posta de gatinhas

espremendo, o que cagava,
punha uma cara maldita.

Mas deixemos Dona Marta,
que agora estará com Quita
em grandes razões de estado
sobre Marana, e Antonica.

Não se sabem conservar,
(dirá Quita mui torcida)
nem tomar em mim exemplo,
que sou mestra em putaria.

Já tenho dito a Marana,
que na casa aonde habita,
se dê muito a respeitar
com as negras da cozinha.

Se lhe entra por um ouvido,
sai pelo outro: é menina,
o que faz, é andar folgando
c'o Cabra Vicente, e Chica.

Com que lhe não tem respeito,
e se ela toma a farinha
para mandar a esta casa,
qualquer negrinho lhe grita.

Tenho-lhe dito, Marana,
do peixe da pescaria
o melhor à vossa Mãe,
que assim faz a boa Filha.

Em vindo as mariscadeiras
do mangue carregadinhas,

ninguém meta a mão nos cestos,
que os maiores são de Quita.

Remetei-os logo ao Sítio,
e fique embora vazia
a casa de vosso amigo,
porque primeiro está a minha.

Se lá tendes nessa casa
dez hóspedes cada dia,
cá tendes vossas Irmãs,
vossa Mãe, vossas Sobrinhas.

Já vedes, que estou tão magra
por passar tantas vigílias,
eu digo, que estou doente,
e sabem, que ando faminta.

Ninguém olha para mim,
e é, porque a língua maldita
ao Doutor tem publicado
que ando de testa caída.

Entendido está o remoque,
vós não sois mal entendida,
porque enfim saís à casta,
já sois discreta por linha.

Quando estas cousas me lembram,
que me lembram cada dia,
romperei soltas, e peas
por chegar à Cajaíba.

Mas logo o temor me toma,
e fujo, a que me persiga

a inveja do grande amigo
e do inimigo a malícia.

Eu não me quero emendar,
pois faço versos em rimas,
e às unhadas os sujeito,
de quem os corta, e belisca.

Mas por saber de vocês,
a todo o transe se arrisca
a Musa, que está a seus pés
prostrada, exposta, e rendida.

106 [373-374]

Restituído outra vez àquela Ilha trata de entender com João de Azevedo caixeiro daquele engenho e com o Feitor-mor.

Décima

Viva o insigne ladrão
que todo o melado estanca
segundo Jorge da Franca
em contas, e expedição:
viva o mais fino vilão,
que o Porto à Bahia deu,
e viva o Feitor sandeu,
que não apaga este fogo,
porque ali se joga o jogo
cal-te tu, calar-me-ei eu.

 [374-375]

Continua com o Azevedo por ter o engenho pejado.

Décimas

1
Um Curioso deseja
saber a razão, na qual
obrando o Feitor tão mal,
o engenho é, que se peja:
mas porque a razão se veja,
na que agora tenho dado,
é, porque o Feitor malvado
anda o engenho fodendo,
e destas fodas entendo,
é, que o engenho está pejado.

2
Para uma fúria de empenho
mel não houve, que eu levara,
e disto é, que eu tomara,
que se pejara o engenho:
sou eu logo, o que não tenho
pejo de nisto falar:
mas o que posso afirmar,
é, que estou de tão ruim fel,
que se o Feitor não dá mel,
eu mesmo o hei de melar.

108 [375-379]

Ao Mesmo Azevedo caixeiro de engenho, que sendo já homem velho, e fraco macheava uma Negra chamada Suzana de desmedida grandeza.

Décimas

1
Olha, Barqueiro atrevido,
que em teu perigo te elevas,
que essa mulher, que aí levas,
é casada, e tem marido:
olha, traidor fementido,
que te há de enforcar El-Rei,
porque és de pequena grei,
e dormes c'uma cachorra,
que a seres tu todo porra,
não eras porra de lei.

2
Com Suzana te mangonas,
sem ver tua zarvatana,
que a cona da tal Suzana
não é como as outras conas:
e se por mais que te entonas,
não lhe hás de burrar a tromba,
amaina, que o mar não zomba,
arriba, que brama o mar,
e se te queres salvar,
faze água, não dês a bomba.

3
Ferra, que te vás a pique,
pois sem governo a Nau geme,
e a não governa o teu leme,
por ser curto, e de alfenique:
a um tal galeão se aplique
por timão um mastaréu,
que eu sei, a qualquer boléu
que te dê esse galeão,
te há de saltar o timão
por ser de casta pigmeu.

4
A quilha dessa Nau zorra
em quinze braças de enxárgua,
e o que uma Nau pede d'água,
pede uma puta de porra:
se heis de pedir, vos socorra
um Barqueiro menos peco
por falta do choco meco,
a que vós não abrangeis,
ante vos não embarqueis,
do que dar c'o barco seco.

5
Essa Nau, que é capitaina
fabricada em Cajaíba,
nenhuma tormenta a arriba,
e nenhum poder a amaina:
vós sois caravela zaina,
e intentáveis de a render?
boa a íeis vos fazer,
porque quando em fogo arda,
cravando-vos a bombarda
vos há de a pique meter.

6
Se sois caravela coxa,
saltai, mestre em terra logo,
que para a Nau caga-fogo,
não sois vós o Barbarroxa;
a vossa pólvora froxa,
dispara balas tão frias,
que dessas artilharias
se está zombando a fragata,
e atrás de maior pirata
mija em vossas alcanzias.

7
Neste mar de amor sereno
sois vós, quando Amor vos mande,
para capitão tão grande
o bota-fogo pequeno
não é o mar tão ameno,
nem tão falto de ondas tortas,
que a força do vento exortas
vos não ponha em tais soçobras,
que pois tendes mortas obras,
não vos leve as obras mortas.

8
Pois vos não pondes conforme
c'o que vos prego no cabo,
ireis dormir c'o Diabo
que o Diabo é, que vos dorme,
eu sim, que estou uniforme
com tanto Julho, e Agosto,
e como velho deposto
livre da venérea empresa,
tenho os meus gostos na mesa,
na cama não tenho gosto.

A Suzana amiga do dito caixeiro mandando alguns presentes ao Poeta, onde foram umas moquecas.

Décimas

1
Suzana: o que me quereis,
que me trazeis tão mimoso,
não sou homem tão baboso,
que com pouco me enganeis:
que o vosso peixe me deis,
convém que dar-mo vos deixe,
mas é razão, que me queixe
de dar-mo, porque eu vos dê,
que não sou eu homem, que
a carne vos dê por peixe.

2
A mim me tremia o cu
co'as moquecas, não em vão,
pois sendo da vossa mão
qualquer peixe é Baiacu:
Jesu, nome de Jesu!
ides pescar às restingas,
e mandais-me petitingas?
ardo eu em tão vivas chamas,
que por um molho de escamas
hei de dar as minhas pingas?

3
Vós bom negócio intentais,
e à fé, que bem vos convinha

ver, se por posta na espinha
com espinhas me comprais:
crede, que o negócio errais
pois pela mesma razão
eu fujo dessa ocasião,
porque sou um homem tal,
que metido em um rosal
colho a rosa, e a espinha não.

4
Se sois a Suzana mesma
de juízo acreditado,
como imitais o pecado,
com manjares de quaresma?
ao nosso Abade Ledesma
pregando na freguesia,
ouvi dizer em um dia,
(e é já rifão dos Mazombos)
que a carne é, que cria os lombos,
não o peixe d'água fria.

5
Mandai-me de carne um pouco,
as galinhas, e as posturas,
que eu com minhas galaduras
vos porei franga de choco:
o mais é um intento louco,
em que a tontice vos dá,
pois que sois velhinha já,
e eu tenho grande jactância
de dar a minha sustância
a quem sustância me dá.

6
Sou amigo do Azevedo,
prezo-me de homem fiel,

não lhe hei de ser infiel
por vos dar esse folguedo:
se não vos atocha o dedo,
com que vos dorme o caixeiro,
eu não tenho palmo inteiro,
e é melhor do que eu no vício
ele ofício por ofício,
e dinheiro por dinheiro.

110 [382-384]

Receosa Suzana das cutiladas do Poeta lhe pediu, depois de ser dele gozada, que a não satirizasse: mas por isso mesmo lhe desanda com estas

Décimas

1
Não me posso ter, Suzana,
por mais que m'o encomendastes,
quando comigo cascastes,
que vos não cante a pavana:
fostes tão grande magana
naquele Xesmeninês,
que rebolando através
entendi, que em tal venida,
segundo estáveis ardida,
queria vir-vos o mês.

2
Vós mesma me confessais,
que sois tão quente mulher,
que antes do mês vos correr
mais do que nunca arreitais:
e depois quando enxugais
o canal, por onde corre,
tal desejo vos ocorre,
que se à borda já afligida
Perico lhe não dá vida,
ela por Perico morre.

3
Puta, que tanto se esvai,
antes que o menstro lhe aponte,
é, que o caldo, que entrou ontem,
lhe dá gosto, quando sai:
bem encaminhada vai,
quem por tal vasilha bebe,
pois a suportar se atreve,
que o gosto se lhe repita,
uma vez quando o vomita,
outra vez quando o recebe.

4
E assim é de coligir,
quando na praia m'o destes,
que estava, pois tanto ardestes,
o menstro para vos vir:
tomara eu sempre advertir,
e saber, quando vos vem,
e quando se vai também,
porque então me fora à praia
a tempo que a mazumbaia
a não negais a ninguém.

111 [385-390]

Da Cajaíba foi convidado o Poeta com Tomás Pinto Brandão, e outro camarada mais para irem a Pernamerim, onde foram recebidos, como se vê destas

Décimas

1
Fomos a Pernamerim
os três de la vida airada
dous Irmãos, e um Camarada
na canoa do Rolim:
chegamos ao porto enfim,
e fomos com tal grandeza
banqueteados na empresa,
que eu cri, quando isto passava,
que o homem nos esperava
ao Canto, porém da mesa.

2
Tal ano, e tal abastança,
tanto dispêndio em tal era,
bem mostra, que estava à espera
todo armado de papança:
investidos com pujança,
e com valor assaltados
de uns pratos bem reforçados,
que havíamos de fazer?
foi-nos forçoso morrer
a puros saca-bocados.

3
Eu não pudera comigo
nem o ventre desbastara,
se um emplastro não botara
todas as noites no embigo:
vira-me em grande perigo,
e na última fadiga,
se uma, e outra rapariga
a Catona, e a Felipa
c'o emplastro da sua tripa
me não digere a barriga.

4
Dava-me pouco cuidado,
que aos dous Moucelos galantes
as Moças quisessem antes,
do que a mim cepo cansado:
talvez me punha amuado,
desconfiado, e zeloso,
talvez irado, e zeloso,
mas como eles se fartavam,
muitas vezes me largavam
os sobejos do seu gozo.

5
A terra é um paraíso,
as Moças uns serafins,
nós aliviamos os rins,
porém perdemos o siso:
a Lua em todo o seu riso,
quando luz na ardente Zona,
não é mais galharda, e ampona,
que uma aurora, que ali via,
que sempre me amanhecia
entre os dentes de Catona.

6
Entrei no Pernamerim
muito são, muito escorreito,
e estou hoje tão sujeito,
que me lastimo de mim:
se hei de ir peior, do que vim,
leve o diabo a canoa,
que me trouxe sempre à proa
arrimado a um pirajá
por ver uma Tona má,
deixando uma Quita boa.

7
Eu me vou daqui benzendo,
maldizendo, e praguejando,
quantas me trazem berrando,
e por quantas vou morrendo:
hei de dizer, o que entendo,
e não me hei de arrepender,
pois não vi aqui mulher,
que não fosse em seu fretar
sempre inimiga do dar,
e amiga de receber.

8
Vou deixando esta má terra
por outro melhor lugar,
e se a vinda foi por mar,
será a volta por serra:
quem da terra me desterra,
é aquilo, que vim buscar,
putas me hão de desterrar
do mundo, até descobrir
uma, que em vez de pedir
me rogue por lho aceitar.

9

Fingiu-se triste Catona,
porém não chorou migalha,
que os estilos da canalha
não usa uma sabichona:
mui severa, e mui ampona
tragou esta despedida,
e nisto não foi fingida,
que como eu a enfadava,
em meter ausente, estava
pendente sua alma, e vida.

10

É verdade, que ao depois
serenou o tempo, e o dia,
e como abrandou Luzia
lhe meti na vinha os bois:
sois uma puta, não sois,
houve questão, houve rinha
entre as negras da cozinha,
estando todas cuidando
que assim me iam praguejando,
coçaram-me a borbulhinha.

11

Chegou a segunda-feira
dia da minha partida,
e então vi a minha vida
na fadiga verdadeira:
porque chorou de maneira
Luzia, que a ser aurora
tão negra, e tão pecadora,
dissera, que a aurora via,
que quando nos céus se ria,
entonces no Campo chora.

12

Tanto os cavalos andaram,
que estamos nesta ladeira,
onde foi Quita a primeira,
com quem meus olhos toparam:
té os cavalos rincharam
ledos por lisonjear-me:
aqui vim aliviar-me,
e aqui cantar me ouvireis,
já agora descansareis,
cuidados, de atormentar-me.

112 [391-393]

Entre os serventes, que naquela casa assistiram, se namorou o Poeta de Catona com todas as veras, agora, que a viu dedilhando renda.

Décimas

1
Pela alma dessa almofada,
que quando a cara vos vi,
Catona, me arrependi
de fazer esta jornada:
porque estais amancebada,
conforme ouço aqui dizer,
e que mais hei de eu fazer,
que querer idolatrar!
mas vós me haveis de mandar
por isso mesmo beber.

2
Tendes-me tão prisioneiro,
Catona, em tal embaraço
que por um vosso pedaço
me darei eu todo inteiro:
neste vosso cativeiro,
que por docíssimo entendo,
de vosso Senhor pertendo,
(a quem obrigado vivo)
que me tome por cativo,
por vos estar sempre vendo.

3
A vossa cara me agrada,
o vosso rir me enfeitiça,

essa vossa anca me enguiça,
e uma só cousa me enfada:
e é, que estais tão arrimada
ao gosto do Fernandinho,
que apenas vos dá de olhinho,
quando já vos levantais,
e renda, e bilro deixais,
e o triste do meu bilrinho.

4

Se eu vos amo, e vos não minto,
e tudo por vós descarto,
deixai, quem já tendes farto,
por mim, que inda estou faminto:
n'um período sucinto
vos direi tudo de um lanço:
quero para meu descanso,
Catona, a vossa barriga;
quereis, que mais claro o diga?
façamos, Tona, um crianço.

113 [393-395]

Sacode Zeloso o Poeta a Fernão Roiz Vassalo, que se contratava com esta celebrada Catona, sendo o violista das Putas daquele distrito: porque vindo dançar com algumas em presença do mesmo Poeta lhe saiu o membro por entre os trapos da barguilha.

Décimas

1
Vëm vocês este Fernando,
guar-te dele, que te espreita,
que é moço, que logo arreita
ou bailando, ou não bailando:
e quem lhe disse, que quando
para bailar o convido,
posto que saia luzido,
e posto que airoso andasse,
queria eu, que bailasse
com seu fariseu saído?

2
Não vëm o grande despejo
com que o demo do priapo
saiu pelo roto trapo,
qual faminto percevejo?
eu tenho grande desejo
de ver bailar o Gandu
mais duro, que um Berzabu,
e se o seu lhe soluçou,
pois que me não respeitou,
por que não o mete no cu?

3

Não sabia, que a Vermelha
corria por conta, e risco
dos Guapos de São Francisco,
a quem tudo se ajoelha?
não sabe a história velha
por toda esta Cachoeira?
pois se a sabe, foi asneira,
que a quem andava a bailar,
a saísse a vigiar
com pica vigiadeira.

4

Ou cosa a barguilha em pena
deste agravo, que me fez,
ou corte o Xesmeninês,
ou não baile com Elena:
que em tudo isto o condena
o Sancho, que desconfia
de ver tal aleivosia,
pois com trincos bailadores
quer levantar-se as maiores
co'a mulher, que se lhe fia.

114 [396-398]

Fazia o Poeta tais excessos por esta Catona, que Tomás Pinto, e outros lhos estranharam, e ele os increpa nestas décimas de néscios no amor.

Décimas

1
Que pouco sabe de amor,
quem viu, formosa Catona,
que há nessa celeste Zona
astro, ou luminar maior:
também a violeta é flor,
e mais é negra a violeta,
e se bem pode um Poeta
uma flor negra estimar,
também eu posso adorar
nos céus um pardo planeta.

2
Catona é moça luzida,
que a pouco custo se asseia,
entende-se como feia,
mas é formosa entendida:
escusa-se comedida,
e ajusta-se envergonhada,
não é tão desapegada,
que negue a uma alma esperança,
porque enquanto a não alcança,
não morra desesperada.

3
Pisa airoso, e compassado,
sabe-se airosa mover,

calça, que é folgar de ver,
e mais anda a pé folgado:
conversa bem sem cuidado,
ri sisuda na ocasião,
escuta com atenção,
responde com seu desdém,
e inda assim responde bem,
é benquista à sem-razão.

4
É parda de tal talento,
que a mais branca, e a mais bela
deseja trocar com ela
a cor pelo entendimento:
é um prodígio, um portento,
e se vos espanta ver,
que adrede me ando a perder,
dá-me por desculpa Amor,
que é Anjo trajado em cor,
e Sol mentido em mulher.

115 [398-400]

Coroava Catona todos estes dotes de uma constância raras vezes achada em semelhante gente, pois guardando fé a seu amante, punha o Poeta em total desesperação, de que nasceu a obra seguinte.

Romance

Valha o diabo o concerto,
Catona, que assim me tem
desanimado, e confuso
sem esperança, e sem fé.

Vós um concerto fizestes
de nunca o Mano ofender,
com que o negócio está feito,
porém que hei de fazer eu.

Hei de botar-me no mar,
morrer, e perder a Deus,
enforcar-me como Judas
morrendo como infiel.

Hei de ir direito ao inferno,
que me há de condenar Deus
pelo pecado de amar
a uma ingrata cruel.

Querer bem não é pecado,
a vós grande culpa é,
porque se adoro a um bronze,
idólatra venho a ser.

Morra eu, e perca a vida,
vida, e alma perderei,
e folgarei, que se perca
uma alma, que vos quer bem.

Tenho um inferno na vida,
outro na morte terei,
na morte são meus pecados,
na vida vossos desdéns.

Já não tenho medo à morte,
dá-me pouco de morrer,
porque desde que vos vi,
morro, passa já de um mês.

Ou neste, ou no outro inferno,
Catona, tudo é morrer,
lá pelos pecados feitos,
cá pelos que homem não fez.

O mal é, que nem os fiz,
nem espero de os fazer,
nisto está o meu inferno,
que arda, quem culpa não tem.

Já morro, e não é possível
meu testamento fazer,
porque me tirais a fala
cada vez, que vós quereis.

Mas declaro por acenos,
que não vos deixo os meus bens,
porque se vos deixo a vós,
arto deixada estareis.

116 [401-403]

Queria o Poeta divertir seus amorosos incêndios com uma Moça ali assistente, e pedindo-lhe esta dinheiro antecipadamente, ele lhe respondeu com estas

Décimas

1
Eu perco, Nise, o sossego,
e não posso isto entender,
pois vos queixais de não ver,
e eu sou triste, o que ando cego:
que heis de ver? se do pespego,
fugis com ligeiro passo?
não corrais, um breve espaço:
parai: não vos ausenteis,
deitai-vos, que vós vereis,
mais vereis, o que vos faço.

2
Eu sou vosso companheiro
nestas cegueiras impias,
pois há mais de trinta dias,
que não posso ver dinheiro:
eu não sou home embusteiro,
hei de vos satisfazer,
e se quereis corriger
a vista sem mais antolhos,
esfregai mui bem os olhos,
e esfregada haveis de ver.

3

Não me trazeis vós tão farto
que vos deva eu um vintém,
e em Pernamerim ninguém
paga à puta antes do parto:
vós não me entrais no meu quarto,
nem eu os quartos vos bato,
e não sou tão insensato,
que inda que faminto ando,
vos vá o pato pagando,
se sei que outro come o pato.

4

Desta sorte, Nise ingrata,
de querer de antemão ver,
temo, que sempre heis de ter
na vista essa catarata:
não vereis ouro, nem prata,
e pois vos desassossega,
o jimbo, que se vos nega,
nunca, Nise, o heis de ver,
porque do muito querer,
de faminta estais tão cega.

117 [403-406]

Remete agora os seus cuidados à mulata Luzia, que também embaraçada e duvidosa se ofenderia, ou não a seu amante, sempre se desculpava.

Décimas

1
Parti o bolo, Luzia,
que assim mesmo me acomoda,
não deis a fatia toda,
dai-me parte da fatia:
quem pede, como eu pedia,
pede tudo, o que lhe importa,
e aceita, o que se lhe corta,
e quem dá com manha, ou arte,
seus dados sempre reparte,
se tem mais pobres à porta.

2
Não é bem, que tudo eu cobre,
e é bem, que um pouco me deis,
dai-me um pouco, alegrar-me-eis,
com pouco se alegra o pobre:
não deis cousa, que me sobre,
dai-me sequer um bocado;
mas o que vos persuado,
que deis com manha, e com arte
dando-vos, e de tal parte,
sempre será grande o dado.

3
Se a todos cinco sentidos
não tendes cousa, que dar,
dai ao de ver, e apalpar,
os dous sejam preferidos:
não deis que ouvir aos ouvidos,
mas dai aos olhos, que ver,
ao tato, em que se entreter,
deitemos a bom partir
os dous sentidos a rir,
e os demais a padecer.

4
As mãos folgam de apalpar,
os olhos folgam de ver,
os dous logrem seu prazer,
os três sintam seu pesar:
que depois que isto lograr
virá o mais por seu pé,
que inda que ninguém m'o dê,
nem eu o tome a ninguém
morrerá vosso desdém
à força da minha fé.

5
Dizeis, que quereis tomar
para dar vosso conselho,
quereis conselho de velho?
nunca o tomeis para o dar:
os olhos se hão de fechar
para o dar, e abrir da mão
com razão, ou sem razão,
que os negócios, que se tratam
com conselhos, que dilatam
nunca se conseguirão.

6

Se conselhos não tomais,
quando alvedrios rendeis,
como conselhos quereis,
quando alvedrios pagais?
sem conselho me matais,
e dais-me a vida em conselho?
este estilo é já tão velho
na escola da tirania,
que da mais tirana harpia
podereis vós ser espelho.

118 [406-408]

Torna o Poeta a investir a Catona lançando o resto de seus empenhos, e ela para se desculpar lhe respondeu, que estava menstruada.

Décimas

1
Estou triste, e solitário
esperando pelo baque
que há de dar, Tona, esse achaque,
que em vós é mal ordinário:
sangue, que tem oitavário,
festa solene parece;
com que saber se me ofrece,
porque razão me convenha,
que a vós o sangue vos venha,
e seja eu, quem o padece.

2
A vós, Tona, vem o mal,
e em vez de mal vos faz bem,
e a mim, que nunca me vem,
me é tão prejudicial:
só eu sou tão animal,
tão cavalo, e tão rocim,
que quando vos chega enfim
o mês pelo calendário,
em vós corre de ordinário,
porém corre contra mim.

3
Se vos vejo desta vez
tal, que é força, vos maltrate,

vaya: mas que a mim me mate,
que tenho eu com vosso mês?
Se mereço por cortês,
ou pela força da estrela,
que me deis uma titela,
dai-ma com sangue, ou sem sangue,
que eu irei ao pé de um mangue,
e lá me haverei com ela.

4
Eu lá a irei cozinhando
de sorte, que o vosso dado
com ser de sangue queimado,
não me ande o sangue queimando:
a mim que me dá, que quando
fizermos o catatau,
saia o fariseu tão mau,
que seja cousa precisa
alimpá-lo na camisa,
ou na esquina de um calhau?

119 [409-411]

Buscando por outra parte o remédio para seu mal, se desculparam outras com o mesmo achaque.

Décimas

1

Que febre têm tão tirana
as Moças deste lugar,
que se estão sempre a sangrar
na vea d' arca conana?
a doença é tão insana,
frenética, e aluada,
que a cada lua passada
torna logo o sangue a vir
sem a vea se ferir,
porque está sempre aventada.

2

Eu nunca pude alcançar,
como elas ficam sangradas,
sem levarem lancetadas,
antes fogem de as levar:
cada mês as vem sangrar
com seus dous cornos a Lua,
e sem lanceta, nem pua
o sangue por si se escorre,
sua, e parece, que corre,
corre, e parece, que sua.

3

O sangue em bom português
com letras bem rubricadas

depois de muitas penadas
põe na fralda "aqui foi mês":
chega um galante cortês
ao tempo do Amor então
a fazer adoração
e qual sacristão maior
descobre o painel de Amor
e acha uma degolação.

4

Isto sem tirar, nem pôr
me sucedeu sempre a mim
no grande Pernamerim,
onde está o templo de Amor:
e entrando no interior
do templo, que eu fabriquei,
um rio de sangue achei,
pus-me então a esperar,
que vaze para o passar,
não vazou, nunca o passei.

Queixa-se finalmente de achar todas as Damas menstruadas.

Romance

Que têm os menstros comigo?
ordinários que me querem,
que de ordinário me matam,
e cada hora me perseguem?

Estive os dias passados
esperando por um frete,
tardou, não veio, enganou-me,
costume de más mulheres.

Fui logo saber a causa,
e no caminho lembrei-me
de fazer este discurso,
que é cousa, em que lido sempre.

Esta mulher me faltou;
aposto, que há de dizer-me
que está um disciplinante
desde o joelho té o ventre?

Meu dito, meu feito: fui,
entrei, e ao ver-me presente
me disse logo a velhaca
carinhosamente alegre:

Ai, meu Senhor da minha alma
nada pode hoje fazer-se

dei palavra ontem de tarde,
e à noite me veio ele.

Quem é ele? perguntei;
faz você, que não me entende?
disse ela; quem há de ser?
o hóspede impertinente.

Um hóspede, que nas luas
me visita, e me acomete
com tal fúria, que me põe
de sangue um rio corrente.

Estou-me esvaindo já,
em borbotões tão perenes,
que pelas pernas descendo,
ambos os talões me enche.

Botei pela porta fora,
e no primeiro casebre
me colhi de uma putaina
mais negra do que um pivete.

Entrei pela porta dentro,
fui para a cama, e deitei-me,
que as negras também têm cama,
se são putas macatrefes.

Chamei-a, acudiu-me logo,
e me disse cortesmente,
não estou para deitar-me,
bastará, que me atravesse.

Atravessou-se-me aos pés,
e ficou como uma serpe,

coxim para os meus coturnos
para o meu corpo alicerce.

Olhei para a negra então,
e disse comigo os meses
contra mim se deram de olho,
pois tão juntos me perseguem.

Não era o discurso feito,
quando ela me disse "ecce"
mostrou-me a fralda com sangue
mais negro do que uma peste.

Pus-me logo no pedrado,
e comecei a benzer-me
do diabo, que em figura
de ordinário me persegue.

Fui-me para a minha casa,
e no dia subsequente
me escreveu certa Senhora,
que uma palavra lhe desse.

Como era minha Senhora,
fui eu logo obedecer-lhe,
fiz-lhe a visita na sala,
e fomos para o retrete.

Vi ali a sua cama,
vinha cansado, deitei-me,
e deitou-se ela comigo,
de que fiquei mui contente.

Mas na mão, que lhe corria
junto já do sarambeque,

me agarrou ela, e me disse
tá, que estou porca doente.

Valha-me a Virgem Maria,
que achaque pode ser este?
Aluada estou, (disse ela)
mas em meu juízo sempre.

Fiquei tão desesperado
que se ela me não promete
de estar boa ao outro dia,
não chegara a outros meses.

Que têm os menstros comigo?
Que casta de achaque é este
que nunca a ninguém matou
quando de contino fere?

A quem sucede no mundo
isto, que a mim me sucede?
pois três meses me passaram
dentro em dois dias somente?

Tornei lá no outro dia,
e achei a pobre doente
mui seca para a visita,
mui úmida para o frete.

Vim, e fui terceira vez,
e se fora três mil vezes
co'a mesma sangria achara,
e c'os mesmos acidentes.

Que contrato fez a lua
de arrendamento às mulheres,

para lhe estarem pagando
a pensão todos os meses?

Despedi-me da mulher
daqui para todo o sempre,
e vendo-a passada entonces
lhe disse os males presentes.

Vicência, discreta sois,
mas não sei, se me entendestes,
para uma vida tão curta
duram muito os vossos meses.

121 [416-418]

Torna o Poeta outra vez a tentar a Catona por estilo desonesto, de que às vezes melhor se paga semelhante gente.

MOTE
Castelo do põe-te neste,
todo o meu meti em ti,
por amor do calco-te este,
Menina, venho eu aqui.

Glosa

1
Trinta anos ricos, e belos
cursei em outras idades
várias universidades,
pisei fortes, vi castelos:
ao depois os meus desvelos
me trouxeram a esta peste
do pátrio solar, a este
Brasil, onde quis a Sorte,
que eu visse o antigo forte
Castelo do põe-te neste.

2
Vi logo a forte muralha,
Catona, em teu duro peito,
que por força, nem por jeito
venci em trégua, ou batalha:
com soldadesca canalha,
quanto tinha, despendi;

obrei lá, dispus aqui
o cuidado, a manha, a arte,
e sem fiar de ganhar-te
Todo o meu meti em ti.

3

São pensões, de quem guerrea,
tudo causa a lei da guerra,
o sossego se desterra,
perde-se jantar, e cea:
e quando a guerra se atea,
segue-se a fome, e a peste,
tudo se sofre por este,
pundonor de te alcançar,
e tudo hei de suportar
Por amor do calco-te este.

4

Fui mau general té agora,
porque fiz, Catona, a guerra
em país alheio, em terra,
onde vós sois tão Senhora:
hei de sair daqui fora
armado a Pernameri,
e sendo fronteiro ali
a trombeta hei de cantar
que para de vós triunfar,
Menina, venho eu aqui.

[419-420]

Exagera o Poeta seus amores a Catona em ocasião, que ela se queixava de uma dor de dentes.

Décimas

1
Partiu entre nós Amor
por não haver desavença
a mim a dor da doença,
a vós da doença a dor:
mas que mal seja o peior
destes males repartidos
não o sabem meus Sentidos,
só sabe o meu coração,
que vos dáveis a ocasião,
eu vos mandava os gemidos.

2
Vós tínheis a dor de dente
no dente, que vos doía,
e eu n'alma tinha agonia,
pois vos amo ardentemente:
qual de nós maior dor sente
minha alma vo-lo dirá,
e entendido ficará,
que era a minha dor maior,
por ser n'alma, porque amor,
n'alma nasce, e n'alma mora.

123 [420-422]

Pertendia o Poeta retirar-se para a vila de São Francisco e vendo as durezas de Catona, lhe fez este memorial de finezas.

Décimas

1
Não vos pude merecer,
porque não pude agradar,
mas eu hei de me vingar,
Catona, em mais vos querer;
vós sempre a me aborrecer
com ódio mortal, e atroz,
e eu a seguir-vos veloz:
se sois veremos enfim
mais firme em fugir-me a mim,
que eu em seguir-vos a vós.

2
Quisera-vos persuadir,
como vós haveis de haver,
que sou mais firme em querer,
que vós ligeira em fugir:
eu não hei de desistir
desta minha pertensão,
quer vós a aproveis, quer não,
porque ver-me importaria,
se talvez faz a porfia,
o que não faz a razão.

3
Mil vezes o tempo faz,
o que à razão não conveio,

meterei o tempo em meio,
porque ele nos meta em paz:
vós estais muito tenaz
em dar-me um, e outro não,
e eu levado da afeição
espero tempo melhor,
onde, o que não obra amor,
vença o tempo, obre a razão.

4

Catona, minha esperança
me dá por consolação,
que espere: porque o rifão
diz, que, quem espera, alcança:
tudo tem certa mudança:
o bem males ameaça,
o mal para bem se passa,
que como a fortuna joga,
o braço, que hoje me afoga,
talvez que amanhã me abraça.

Deixa recomendado a Tomás Pinto as diligências de abrandar a Catona, e se despede de Pernamerim em um cavalo chamado o Tainha.

Romance

Adeus, meu Pernamerim,
que me vou sobre o Tainha
engasgado em crueldades,
espinhado em tiranias.

Adeus vizinhas do pasto,
que na varanda de cima
nos mataram a marrã,
e a comemos de rebimba.

Adeus rica Cachoeira,
onde a Vermelha coabita
c'o peregrino, que passa,
c'o mercador, que a visita.

Adeus casa principal,
aos olhos nunca escondida,
por ser sobre o monte posta,
como se canta na missa.

Adeus, Catona bizarra,
adeus gente da cozinha,
adeus putíssima Samba,
e honestíssima Luzia.

Adeus Grácia faladeira,
bem que com graça infinita,

adeus a outra Mãe Monda,
que se chama Clara Dias.

Adeus Moçorongo alegre,
e Fofó da estrebaria,
adeus Barroso de baixo,
adeus Catuge de cima.

Adeus, ó fresca varanda,
onde joga a rapazia
castanhas com mil trapaças,
e trapaças com mil brigas.

Adeus Maria Pereira,
que sempre à mesa assistias
diligentemente alegre
co'a comida, e co'a bebida.

Adeus Brites gavachona,
que inda que sois concubina
do Gabriel, que vos sangra,
nunca vos deixa ferida.

Adeus terras agradáveis
cheias de canas tão ricas,
que estão dizendo, comei-me,
a quem passa, a quem caminha.

Adeus Inês amuada,
que por uma negra pinga
três dias me não falaste,
e me xingaste três dias.

Morto de vossas saudades
me vou por essas campinas
a risco de chegar morto,
se não fora no Tainha.

 [425]

Chegando o Poeta à Vila de São Francisco descreve os divertimentos, que ali passava, e em que se entretinha.

Soneto

Há cousa como estar em São Francisco,
Onde vamos ao pasto a tomar fresco,
Passam as negras, fala-se burlesco,
Fretam-se todas, todas caem no visco.

O peixe roda aqui, ferve o marisco,
Come-se ao grave, bebe-se ao tudesco,
Vêm barcos da cidade com o refresco,
Há já tanto biscouto como cisco.

Chega o Faísca, fala, e dá um chasco,
Começa ao dia, acaba ao lusco e fusco,
Não cansa o paladar, rompe-me o casco.

Joga-se em casa em sendo o dia brusco,
Vem chegando-se a Páscoa, e se eu me empasco,
Os lombos de um Tatu é o pão, que busco.

126 [426-429]

Teve naquela Vila notícia de um Pedreiro que desestimava uma pobre mulher, que por desgraça lhe caiu nas mãos, ela ofendida do seu mau termo, se retirou em despique para o poder de um homem de bem, onde melhorou de estimação, ao que fez o Poeta as seguintes

Décimas

1
Senhor Mestre de jornal,
quem vir o seu coração,
dirá logo, que é torrão,
não obra de pedra, e cal:
e se acaso por meu mal
não foi constante comigo,
sendo pedra, e cal consigo,
caia, e quebre a bom conselho,
que assim faz um muro velho,
e assim o casebre antigo.

2
Se lá trata cães surrados,
e cuida, que me dá pique,
ou tomo por meu despique
tratar com homens honrados:
os seus jornais acabados,
acabou-se-lhe a comenda:
eu tenho segura a renda,
porque um homem principal
sem suar com pedra, e cal
dá muchíssima fazenda.

3
A Dama do jornaleiro
muito sua, e pouco medra,
cuida, que pega na pedra,
se a mão toma a um pedreiro:
eu dei n'um mau paradeiro,
mas soube-me retirar,
que se me deixo beijar
do pedreiro, que me toca,
fora meter-me na boca
pedra, e cal para amassar.

4
Lá faça a sua bambolha,
onde há tão porca mulher,
que pela sua colher
vá comendo sobre a trolha:
eu cá como a limpa olha
mui limpa, cheirosa, e grata,
e ao menos colher de prata,
e sou tão firme em pagá-lo,
que regalo por regalo
cuido, que não fico ingrata.

5
Graças a Deus, que me soa
à limpeza o meu amor,
e me não fede o suor
do pedreiro, que me enjoa:
já agora me sinto boa,
já agora o gosto me pede,
que seja formosa adrede,
pois feia talvez se para
a mulher, que troce a cara,
tendo amante, que lhe fede.

6
Adeus pois, meu Pedreirinho,
adeus, meu colher, e trolha
adeus caldo de má olha,
adeus triste raposinho:
que eu posta no meu cantinho
entre os meus mariscadores
como os mariscos melhores,
o bom peixe, e não o mau,
nem o duro bacalhau
de pedreiros malhadores.

 [429-431]

Fugindo uma Mulatinha com o sujeito, que a tinha forrado, descreve o Poeta os excessos, e sentimento, que mostrava uma Fulana de Lima Sua Senhora.

Décimas

1

Fonseca Senhora Lima, o que tem,
que amanheceu tão sentida?
diga-me por sua vida,
assim Deus lhe faça bem:
diga-me qual é, e quem
lhe causa tanta tristeza?
porquanto eu por natureza
sinto, se é ingratidão,
ou talvez murmuração
dessa sua sutileza.

2

Lima Que hei de ter, minha Fonseca?
um tormento, que me mata.
Fugiu Ilária a mulata,
porque já não quer ser peca:
despediu-se assim tão seca.
Fonseca Não chore, que ela virá.
Lima Jesus! que o mundo dirá!
que a mandei a Sor Martinho.
Fonseca Veja em casa do vizinho.
Lima Meu Estrela, tem-na lá?

3

Estrela Quem, Senhora, cá tão cedo?
Lima Ilária, Senhor, pergunto,

que não sei, se algum defunto
ma levou tanto em segredo.
Ai vida cansada! hei medo,
pelo que se há de dizer.
Onde se iria esconder,
se ela não sabe caminho,
nem carreira? Meu vizinho.
Estrela Senhora Lima! Lim. Que hei de fazer?

4
Lima Chica, que é de Ilarinha?
dize, negra do diabo.
Vai vê-la, senão teu rabo
pagará por vida minha.
Chica Eu não sei da mulatinha,
nem me entendo com papéis:
quem deu cinquenta mil-réis
a deve de ter em casa
porque aqui nunca fez vaza.
Lima Ó putona, isso dizeis?

5
Chica Digo, que Ilária é forra.
Lima Há de ser, quando eu morrer,
que isso está no meu querer;
cala essa boca, cachorra:
traga-me aqui logo, e corra,
que hei de quebrar-lhe o focinho.
Tem-na lá, senhor vizinho,
a minha Ilária, Senhor?
Estrela Fugiu perdida de amor
pela manhã mui cedinho.

Retrato do rico feitio de um célebre Gregório de Negreiros, com quem gracejava o Poeta, e em quem muitas vezes fala.

Romance

Eu vos retrato, Gregório,
desde a cabeça à tamanca
c'um pincel esfarrapado
n'uma pobríssima tábua.

Tão pobre é vossa gadelha,
que nem de lêndeas é farta,
e inda que cheia de anéis,
são anéis de piaçaba.

Vossa cara é tão estreita,
tão faminta, e apertada,
que dá inveja aos Buçacos,
e que entender às Tebaidas.

Tendes dous dedos de testa,
porque da testa a fachada
quis Deus, e a vossa miséria,
que não chegue à polegada.

Os olhos dous ermitães,
que n'uma lôbrega estância
sempre fazem penitância
nas grutas da vossa cara.

Dous arcos quiseram ser
as sobrancelhas, mas para

os dous arcos se acabarem,
até de pelo houve faltas.

Vosso Pai vos amassou,
porém com miséria tanta,
que temeu a natureza,
que algum membro vos faltara.

Deu-vos tão curto o nariz,
que parece uma migalha,
e no tempo dos catarros
para assoar-vos não basta.

Vós devíeis de ser feito
no tempo, em que a lua anda
pobríssima já de luz,
correndo a minguante quarta.

Pareceis homem meminho,
como o meminho da palma,
o mais pequeno na rua,
e o mais pobrezinho em casa.

Vamos aos vossos vestidos,
e pequenos na cassaca
com tento, porque sem tento
a leva qualquer palavra.

Anda tão rota, Senhor,
que tenho por cousa clara,
que no tribunal da Rota
de Roma está sentenciada.

À vossa grande pobreza
para perpétua lembrança
dedico a de Manuel Trapo,
que foi no mundo afamada.

Namorou-se do bom ar de uma Crioulinha chamada Cipriana, ou Supupema, e lhe faz o seguinte

Romance

Crioula da minha vida,
Supupema da minha alma,
bonita como umas flores,
e alegre como umas páscoas.

Não sei, que feitiço é este,
que tens nessa linda cara,
a gracinha, com que ris,
a esperteza, com que falas.

O Garbo, com que te moves,
o donaire, com que andas,
o asseio, com que te vestes,
e o pico, com que te amanhas.

Tem-me tão enfeitiçado,
que a bom partido tomara
curar-me por tuas mãos,
sendo tu, a que me matas.

Mas não te espante o remédio,
porque na víbora se acha
o veneno na cabeça,
de que se faz a triaga.

A tua cara é veneno,
que me traz enfeitiçada

esta alma, que por ti morre,
por ti morre, e nunca acaba.

Não acaba, porque é justo,
que passe as amargas ânsias
de te ver zombar de mim,
que a ser morto não zombaras.

Tão infeliz sou contigo,
que a fim de que te agradara,
fora o Bagre, e fora o Negro,
que tinha as pernas inchadas.

Claro está, que não sou negro,
que a sê-lo tu me buscaras;
nunca meu Pai me fizera
branco de cagucho, e cara.

Mas não deixas de querer-me,
porque sou branco de casta,
que se me tens cativado,
sou teu negro, e teu canalha.

130 [436-439]

Como esta nenhum caso fez do Poeta divertida com outros de sua qualidade, lhe desanda com estes

---

Epílogos

1

Quem deu à Pomba feitiços?	Mestiços.
E quais são os seus objetos?	Pretos.
Quais deles lhe são mais gratos?	Mulatos.

É logo de cães, e gatos
a Pemba por seu desdouro,
pois lhe vão somente ao couro
Mestiços, Pretos, Mulatos.

2

Que são da testa as carcomas?	Gomas.
Ela diz, que são vertiges	Impiges.
E lá dentro das alcobas?	Bobas.

Bem merece um par de sobas,
pois com quantos se pespega,
cada qual deles lhe pega
Gomas, Impiges, e Bobas.

3

Ela é bandarra, e airosa,	Gulosa.
Mas é linda sem disputa,	Puta.
Nenhuma parte a abona?	Mijona.

Dai vós ao demo a putona,
a quem o mesmo diabo

lhe chama por menoscabo
Gulosa, Puta, Mijona.

4

Quem a leva ao Quicauabo?	O diabo.
Lá tem o amigo Vinagre,	Bagre.
E quem lhe leva o balaio?	O Cambaio.

Por isso vai como um raio
uma légua caminhando,
porque a vão acompanhando
Diabo, Bagre, Cambaio.

5

Quem lhe despeja o alforje?	O Jorge.
Outro há, com quem mais me aturdo,	O Surdo.
E outro mais de quando em quando,	O Quibando.

Não vi putão mais nefando,
pois todos seus sarambeques
vai fazer com três moleques
o Jorge, o Surdo, o Quibando.

6

Que lhe dão tão fracas linhas?	Sardinhas.
Nenhuma coisa mais quis?	Siris.
Por tão pouco tantas bulhas?	Agulhas.

Eu creio, que isto são pulhas,
que negra de entendimento
não toma por pagamento
Sardinhas, Siris, e Agulhas.

7

Ela tem Jorge escolhido Por marido.
E demais o quer consigo Por amigo.
Ele diz, que há de ser forro Por cachorro.

Eu de ouvir isto me morro,
pois ela o negrinho quer
para ao mesmo tempo ser
Marido, Amigo, e Cachorro.

Manda-lhe Tomás Pinto desde Pernamerim este romance, recordando, o que o Poeta lá passara.

Romance

Ao pasto de Santo Antônio
vieram quatro quadrilhas,
todas quiseram luzir,
e só Luzia luzia.

Vinham por guias da dança
a Catona, e a Betica
cantando irmãmente alegres
pelo mar ia Maria.

Vinham logo Inês, e a Samba
duas putonas malditas,
que qualquer pelas sanzalas
negregada pinga-pinga.

E por remate de todas
vinha a galharda Luzia
tão outra, que então se viu,
que, se Amor a vira, vira.

Toda a casa se alegrou,
todos molhamos as picas,
houve um consolo geral
nas putas, que a pica pica.

Não vou de Pernamerim,
sem ver por essas cozinhas

penduradas as marrãs,
e às cabritas as cabritas.

Tão alegre sexta-feira
não vi em todos meus dias,
porque tivemos na cea
sobre tainha tainha.

Fomos buscar a Vermelha,
que esperava na cozinha
um negro, para que, quando
lhe coçar a impinja, impinja.

A puta não quis sair,
sendo, que estava saída
pelo negro, que aguardava,
a quem com vida convida.

C'os olhos na refestela
todo o mundo me esquecia,
porque de Luzia o emprego
memórias de Quita quita.

Viemo-nos muito embora,
um que salta, outro que brinca,
porque o jimbo, que pediu,
muito mais que urtiga urtiga.

Mas embaixo já chegados
de moto próprio Luzia
mostrou, que estava sem causa
por tão fementida tida.

O Doutor a consolou,
fazendo marital vida,
e então confessaram todas,
que só Luzia luzia.

132 [442-444]

Responde o Poeta todo saudoso a Tomás Pinto.

Tercetos

Gostou da vossa Lira a minha Musa,
Gostou sim pela vida de uma Tona,
Que à custa do seu sangue se me escusa.

Vos devíeis lavar-vos na Helicona,
Ou beber nas torrentes do Pegaso,
Segundo a vossa Musa é folgazona:

Mas senti, que caísseis no fracasso
De me não dares novas de Luzia
A tintim por tintim, caso por caso.

Se imaginastes, que o não sentiria,
Porque um ausente morto se reputa,
Enganou-vos a vossa fantesia:

Que eu sou fino berrante sem disputa
De tudo, o que são fêmeas, e mulheres,
Seja a puta qualquer, se é minha puta.

Quem goza, como vós, tantos prazeres
De tanta fêmea embaixo tão servido,
Dormindo sobre tantos bem-me-queres.

Bem se zomba do pobre foragido,
Que rendido ao bom ar de uma Catona
Nem por toque se viu favorecido.

Ora vede os poderes de uma cona,
Que me vejo cercado de peixeiras,
E estou mais tristalhão, do que uma mona.

As putinhas daqui são mulambeiras,
E fedem ao peixum como os diabos,
E importa pouco serem gritadeiras.

Em chegando ao repuxo dos quiabos
Fica-lhe a fralda um lago de ensopada,
E vão-se umedecidas pelos rabos.

Amor me leve a Cachoeira honrada,
Onde a Vermelha enxuta de pentelho
Toda a conana traz polvorizada.

Leve-me Amor a ver no lindo espelho
De Luzia, que cheira em se deitando,
Qual se nunca metera de Vermelho.

Moças desse país me estão lembrando,
De Catona a fidalga gravidade,
A não saber mentir de quando em quando.

Que de gabos lhe dera na verdade,
Se o Catuge esperara uma só hora,
E não fora com tal celeridade.

Mas vós fazei presente à tal Senhora,
Que aqui me estou morrendo por beijá-la
Naqueles dentes pérolas da Aurora:

Naquela boca aljôfar de Bengala,
E que espero, que Amor me há de dar hora,
Em que ela meta a mão na consciência;

Porque, quem me pariu, me diga agora,
Que sou servo de Vossa Reverência.

Festeja uma pipa de vinho, que entrou no convento de São Francisco daquela vila.

Décimas

1
Na nova Jerusalém,
na nossa Cidade Santa,
onde São Francisco planta
mais virtudes, que ninguém:
veio sobre um palafrém
de madeiros bem lavrado
um Rabi rubi empipado,
que por nos ser prometido,
foi com ramos aplaudido,
e entre palmas festejado.

2
O Pissarro Sacristão
ia com a cruz alçada,
que é cerimônia forçada
em tão alta procissão:
para os tocheiros então
dous Leigarrões convocamos,
que por seus nomes chamamos
o Rabelo, e o Doutor,
que a Dominga do Tabor
transfigurou na de Ramos.

3
Criam os mais fariseus,
que o vinho das malvasias

era em verdade o Messias
esperado pelos seus:
por esta causa os sandeus,
como o vinho entrava já,
cuidando, que era o Maná,
qualquer com galhofa interna
com seu ramo de taverna
lhe ia cantando hosaná.

4
Como a procissão chegasse
ao refeitório, e ali
esperasse o tal Rabi
por um burro, que o levasse,
não faltou naquela classe
um burro de boa idea,
que trazendo a taça cheia,
soube mudar o Senhor
dentre as glórias do Tabor
às bodas de Galilea.

5
O nosso Miguel Ferreira
por ser do corpo pigmeu
fez figura de Zaqueu
trepado sobre a figueira:
vendo a sua borracheira,
e haver já bebido um tacho,
lhe disse o Rabi, Borracho,
descende, que desta vez
tendo entrado português
hás de sair um gavacho.

134 [447-450]

À Pendência que teve Mariana de Lemos com Vicência por respeito de Antônio de Moura a que acudiu um Capitão hipócrita que trazia um crucifixo ao pescoço.

Décimas

1
Botou Vicência uma armada
de uma canoa, e dous remos
contra Marana de Lemos,
que estava n'uma emboscada:
por uma encoberta estrada
entrou no reduto, e logo
o Capitão disse "fogo":
e vendo arder o seu fato
o Capitão, que é beato,
tomou as de Vila Diogo.

2
Por Diogo Pissarro grita,
que acuda a casa queimada,
que Vicência vinha assada
por ver a Marana frita:
Pissarro, que perto habita,
entrou, e vendo as disputas
de putas tão dissolutas,
disse (porque elas teimam)
aqui-d'El-Rei, que se queimam
de ciúmes duas putas.

3
Marana a nenhum partido
a praça quis entregar,
que é soldado singular,
nas campanhas de Cupido:
Vicência tinha vencido,
pois entrou na fortaleza,
mas Deus sabe, o que lhe pesa
de não poder conseguir,
haver então de sair
com armas, e mecha acesa.

4
Não pôde dizer-lhe ali
esta honra militar,
que Marana por se armar
quis a mecha para si:
o que há, que notar aqui
é, que uma, e outra velhaca
dando tão grande matraca,
e o sentinela, que brama,
o General sobre a cama
roncava como uma vaca.

5
Se é certo, que o General
em tal conflito roncou,
é, que a prima noute andou
visitando o arraial:
como por todo o arrebal
andou qual Jacurutu,
sempre à espera de um Tatu,
que do laço lhe escapou,
com pé leve se deitou,
dormiu com pesado cu.

6
Vicência a passos contados
perdeu a praça, e a presa,
porque é por sua simpleza
moça de bofes lavados:
mas o Capitão dá brados
de lidar sempre com isto,
e de um, e d'outro anticristo
se deseja em liberdade,
como há de ver, se há verdade
nas Cartas, e no seu Cristo?

 [450]

À caridade com que esta mesma Vicência agasalhava três amantes.

Soneto

Com vossos três amantes me confundo,
Mas vendo-vos com todos cuidadosa,
Entendo, que de amante, e amorosa
Podeis vender amor a todo o mundo.

Se de amor vosso peito é tão fecundo,
E tendes essa entranha tão piedosa,
Vendei-me de afeição uma ventosa,
Que é pouco mais que um selamim sem fundo.

Se tal compro, e nas Cartas há verdade,
Eu terei quando menos trinta Damas,
Que infunde vosso amor pluralidade.

E dirá, quem me vir com tantas chamas,
Que Vicência me fez a caridade,
Porque o leite mamei das suas mamas.

 [451]

Baixa que deram a esta Vicência, por dizer-se que exalava mau cheiro pelos sovacos e se foi meter com Joana Gafeira.

Soneto

Lavai, lavai, Vicência, esses sovacos,
Porque li n'um pronóstico almanaque,
Que vos tresanda sempre o estoraque,
E por isso perdeste casa, e cacos.

Hoje que estais vizinha dos buracos
Das pernas gafeirais, dareis mor baque,
Que tanta caca hei medo, que vos caque,
E que fujam de vós té os macacos.

Tratai de perfumar-vos, e esfregar-vos,
Que quem quer esfregar-se, anda esfregada,
Senão ide ser Freira, ou enforcar-vos.

Porque está toda a terra conjurada,
Que antes de vos provar, hão de cheirar-vos,
E lançar-vos ao mar, se estais danada.

Intenta agora o Poeta desagravar a Vicência justamente sentida dos seus versos.

Romance

Os vossos olhos, Vicência,
tão belos, como cruéis,
são de cor tão esquisita,
que não sei, que cor lhes dê.

Se foram verdes, folgara,
que o verde esperança é,
e tivera eu esperanças
de um favor vos merecer.

Os azuis de porçolana
força é, que pesar me dëm,
que porçolanas não servem,
onde não hei de comer.

Se são negros vossos olhos,
é já luto, que trazeis
pelos homens, que haveis morto
a rigores, e a desdéns.

Mas sendo tais olhos pares,
no mundo outro par não têm,
pois nem os Pares de França
podem seus escravos ser.

Se os vossos olhos se viram
um a outro alguma vez,

como se namorariam!
e se quereriam bem!

Que de amores se disseram
um a outro, que desdéns!
meus olhos se chamariam,
meu sol, minha luz, meu bem.

Um pelo outro chorando,
ambos chorariam, que
quando os olhos vëm chorar,
força é, que chorem também.

Mas por isso a natureza
catelosamente fez
entre os olhos o nariz,
com que os olhos se não vëm.

Que se um a outro se viram,
Vicência, tivera eu
no prezar dos vossos olhos
a vingança, que hei mister.

[454-459]

A uma pendência que tiveram dous amantes à vista da Dama junto ao convento de São Francisco.

Décimas

1
Dizem, que muito elevado
um amante se ostentava,
quando se considerava
ver-se de uma Flor amado:
eis que chega um disfarçado
com passo tão desumano,
ferra a gávea, larga o pano,
vem chegando sorrateiro,
vai-se ao patacho veleiro,
emprega nele seu dano.

2
Pego na escota co'a mão,
e bem fora de notar,
que na mão quis demonstrar,
o quanto deve ao Sansão:
correu, é clara questão
este Adônis desdichado
e vendo o Sansão deixado
o posto, se retirou,
quando Sansão golpeou
o dedo do assinalado.

3
E vendo-se desta sorte
ferido o triste Zagal

não pôde executar mal,
porque teme o triste a morte:
chegando então Pedro forte
deixa o capote sem tento,
corre à popa sem ter vento,
porque no porto, claro é,
que lhe ficava um guiné
carregando mantimento.

4
Perico então se prepara
com pedras, que já trazia,
e cuidando o estendia,
ao Sansão pedras dispara:
as pedras Sansão repara,
e delas sendo livrado
em ira, e raiva abrasado
vem co'a espada o criolete
rompe-lhe o casco ao casquete,
rompe o frisão ao frisado.

5
O Adônis, que no seu posto
deixou vigia de espaço
correu com grande trespasso,
e co'a vergonha no rosto:
o Guiné com seu desgosto
vendo-se tão assombrado,
das pedras desamparado,
e o companheiro ferido
mostra estar arrependido
por se ver bem castigado.

6
Já perdido, e envergonhado
corre com tal ligeireza

dizendo, que com presteza
ia buscar o traçado:
porém bem considerado
era medo tudo isto,
porque a morte tinha visto
naquela espada tão feia,
cuidando por não ter cea,
iria cear com Cristo.

7
Chega à casa o beberrica,
e com a espada se amaina,
lança mão da tarantaina,
para espeto cousa rica:
estava em casa Joanica,
e vendo-o isto fazer
lhe diz, tu podes morrer,
meu bem, com essa ferida,
e sem ti, que és minha vida,
como poderei viver?

8
Porém Pedro resoluto
não ouviu rogos de Joana,
porque com raiva inumana
saiu como um forte bruto:
o Sansão como era astuto,
foi-se sem ver o tal Cão,
e Pedro como asneirão
o que quer põe-se a dizer,
que um Sansão era em poder,
Pedro no ralho um Sansão.

9
O Adônis como temia,
se pôs de largo a escutar,

e se vamos a falar,
do canto fez a vigia:
e sem saber quem seria,
se ocultou, e claro é,
que não chegava, porque
o tal vulto ali estava,
e de muito não fiava
o primor do seu Guiné.

10
A Vênus, que da janela
tinha tudo bem notado
chorava o seu desgraçado
por largar aos pés a vela:
com pesares se arrepela
chora, geme, e se entristece,
e quanto mais se enfraquece
com dores pelo galante,
então deveras amante
com acidentes fenece.

11
Mas ao depois conhecendo
o Adônis o seu Guiné
em fé, que Sansão não é,
chega-se a ele, dizendo:
meu amigo, estou tremendo,
do Sansão estou ferido
de forças enfraquecido,
pois escapei-lhe fugindo,
e inda agora estou sentindo
daqui o ficar despido.

12
Careci de língua, e voz
para o caso referir,

que sendo digno de rir,
foi caso tremendo, e atroz:
porém peço, que entre nós
este sucesso feneça,
pois não quero se entristeça
a Dama com tais abalos
pois fizeram três cavalos
o seu jogo de trapeça.

 [460]

Respondeu Tomás Pinto à recomendação do Poeta, que a dureza de Catona nenhum remédio tinha, pois cada vez estava mais firme. Ao que ele fez este

Soneto

Ó que esvaída trago a esperança
Depois das tristes novas de Catona,
Nas quais a vossa Musa desabona,
E me despede toda a confiança.

Eu a amava com força, e com pujança
Por bizarra, graciosa, altiva, ampona;
Nunca a Mulher finezas galardona,
Nunca outro prêmio de um rapaz se alcança.

Que amor com outro amor há de pagar-se
É já comum rifão, sói dizer-se,
Mas é erro, que agora há de emendar-se.

Amor do próprio amor deve entender-se,
Que amor consigo mesmo há de premiar-se,
E ser prêmio da pena o padecer-se.

 [461]

Ordenava-se em Marapé o batizamento de uma Filha de Baltezar Vanique Holandês e vieram à função vários Estrangeiros com uma pipa de vinho, e malogrou-se a festa pela muita chuva, que houve.

Soneto

Vieram os Flamengos, e o Padrinho
A batizar a Filha do Brichote,
E houve em Marapé grande risote
De vê-los vir com botas n'um barquinho.

Porque não sendo as botas de caminho,
Corriam pela praia a todo o trote;
Foi ali hospedado o Dom Bribote
Como convinha não, como com vinho.

Choveu tanto ao domingo em tal maneira,
Que cada qual Monsiur indo uma brasa,
Ficou aguado o gosto, e o vinho aguado

Porque não quer a Virgem da Oliveira,
Que lhe entrasse pagão na sua Casa
Vinho, que nunca fora batizado.

Celebra a grande algazarra que fizeram na festa os Estrangeiros brindando a Quitota menina batizada, sendo no tempo da peste.

Soneto

Se a morte anda de ronda, a vida trota,
Aproveite-se o tempo, e ferva o Baco,
Haja galhofa, e tome-se tabaco,
Venha rodando a pipa, e ande a bota.

Brinde-se a cada triques a Quitota,
Té que a puro brindar se ateste o saco,
E faça-lhe a razão pelo seu caco
Dom Fragaton do Rhin compatriota.

Ande o licor por mão, funda-se a serra,
Esgote-se o tonel, molhem-se os rengos,
Toca tará-tará, que o vento berra.

Isto diz, que passou entre Flamengos,
Quando veio tanta água sobre a terra,
Como vinho inundou sobre os Podengos.

142 [463-466]

Celebra sacudindo de caminho o demasiado beber deste Baltezar Vanique sendo homem achacado da gota nos pés.

Décimas

1
Senhor confrade da bota,
muito a Deus dos Céus deveis,
quando mil gotas bebeis,
e vos doeis de uma gota:
se a vossa alma tão devota
de beber, e emborrachar
houvesse Deus de igualar
o castigo c'o pecado,
gotas vos houvera dado,
como areias tem o mar.

2
Sois tão grande borrachão,
e em beber tão desmedido,
que trocais, o que heis comido,
pelo vinho, que vos dão:
vomitais o vinho, e o pão
com repugnância mui pouca,
e a razão, que vos provoca,
é, que uma vez o bebeis,
e vomitando o quereis,
que outra vez vos torne à boca.

3
Quem por vinho vomitado
tanto faz, e tanto gosta,
também gostará da bosta,
também do vinho mijado:
se não fora o vinho aguado
de tão grande hidropisia,
creio, que se guardaria,
e um Flamengo Areopagita,
o que n'um dia vomita,
o bebera n'outro dia.

4
Sois tão grande bebadinho,
e tão manhoso em vertê-lo,
que bebê-lo, e desbebê-lo
é só por dobrar o vinho:
quando o levais de caminho,
vai claro como do torno,
e quando do ventre morno
pela boca o vomitais,
então mui sujo o tragais
como purga de retorno.

5
O vinho há de ser pagão,
e não serve o vinho aguado,
porque é vinho batizado,
que enfada por ser cristão:
dai ao demo o beberrão,
que com dores, e trabalhos
não busca ao beber atalhos,
pois sem temor de acabar
crê, que muito há de durar,
porque está de vinha-d'alhos.

6

Sempre tive grande mágoa
em cuidar, que um mosquitinho
quer antes morrer no vinho,
do que estar vivendo n'água:
se o bofe se vos enxágua
com beber, e mais beber,
virei com isso a entender,
que em Belga, donde viestes,
de algum mosquito nascestes,
e mosquito heis de morrer.

143 [466-468]

Ao Filho deste Baltezar Vanique chamado João Vanique, e por alcunha Atira-couces introduzido na conversa do Poeta, o qual havia apanhado uma queda andando correndo n'umas cavalhadas.

Décimas

1
Quem vos chama atirador,
não vos faz, amigo, afronta,
mas antes levai-o em conta,
porque atirador é Amor!
é verdade, que o favor,
que em tal nome se vos faz,
sua má suspeita traz,
que Amor tira arpões, e fouces,
vós, dizem, que atirais coices
por diante, e por detrás.

2
Mas vós de tudo zombai,
que o povo é galhofeador,
tratai de ser outro Amor,
e o que quer que for tirai:
se é bom atirar, olhai
para o tiro desestrado,
que ontem vos pôs estirado,
porque vejais em rigor,
em todo o caso é melhor
atirar, que ser tirado.

3

Vós tendes muitos amigos,
e o mereceis em verdade,
e eu quero a vossa amizade
até no tempo dos figos:
os mais não, são todos trigos,
são falsários, desleais;
vós tanto vos esmerais
c'os amigos que seguis,
que com amor os servis,
e de amores os fartais.

4

Sois moço bem-parecido,
galanaço, e asseado,
gentil-homem sem cuidado,
sem artifício entendido,
não afetais ser Cupido,
como há outros no lugar,
que a afetação é desar,
e o artifício torpeza,
e só vós por natureza
tendes na terra bom ar.

 [468-470]

Desconfiado o Vanique destes cavilosos louvores se retirou daquela conversação, e o Poeta o satisfaz com outros peiores.

Décimas

1
Vós sois, João, tão ingrato,
que outro vos meteu a febre
para papar-vos a Lebre,
e a mim encaixar-me o gato:
temo deste falso trato,
que o vosso negócio quebre,
pois porque o mundo celebre
vossa tramoia sem par,
ao mundo me hei de queixar,
que vendeis gato por lebre.

2
Diz-me certo Badulaque,
que as Musas fugis de ouvir,
e eu sei, que por me fugir
vos valestes desse achaque:
tendo tão bom estoraque
hoje a caçoula da Musa,
que me condena, e acusa,
quem tal cousa me condena,
se Apolo me deu a pena,
e me ditou Aretusa?

3

Vós queixais-vos sem razão,
e sem causa vos sentis,
porque os versos, que ontem fiz,
são partos de uma afeição:
fugistes sem ocasião
inda por menos de um figo
só por ser meu inimigo,
e assim me destes um jeito
de dizer, que em vosso peito
não há amigo para amigo.

4

Toda a manhã esperei,
sem vos quereres chegar,
com que ou vós me heis de matar,
ou por vós me enforcarei:
espero, que vos verei
hoje à tarde às Laranjadas,
e inda que estão assustadas
as pedras, que aqui pisastes
da queda, que ontem levastes,
eu tomarei as pedradas.

145 [470-475]

A uma Negra chamada Eva recolhida de um clérigo em Maré, que enganou ao Poeta fazendo-o esperar.

Décimas

1
Não me maravilha não,
que a matar-me se me atreva
uma Eva, pois outra Eva
já fez pecar outro Adão:
nem é para admiração,
que quem com lindeza muita
tanto alvedrio desfruita,
o meu desfruitar intente,
nem que com fruita me tente,
sendo eu amigo da fruita.

2
Eu me vejo embaraçado
no meio, que hei de tomar,
e tudo há de vir a parar
em deixar-me ela esquentado:
darei em desesperado,
irei um dia enforcar-me
com ela, por não matar-me,
e ao faltar soga d'El-Rei,
algum pelo lhe acharei,
em que possa espernegar-me.

3
Pois me deu palavra, e mão,
creio, que não mentirá,
senão novo não será,
que uma Eva engane a Adão:
alguma serpe, ou dragão
anda por esse pomar,
que veio a Eva enganar,
para ela enganar-me a mim,
coma eu da fruita enfim,
peque embora quem pecar.

4
E se o Padre me clamar,
que venha estar em juízo,
direi com todo o meu siso,
senhor, são erros de amar:
esta Eva, ou este azar,
que me destes por mulher,
diz, que Deus havia ser,
quem do seu pomo comesse,
e eu porque Deus parecesse,
c'o Demo me fui meter.

5
Bem sei eu, que era impossível
ser Deus, e fazer pecado,
mas a serpe me há enganado,
ou Eva, que é mais terrível:
esta carne tão sensível,
tão fraca, e tão miseranda
pelo perdão vos demanda:
indulto, indulto, senhor,
que um preso preso de amor,
em artos infernos anda.

6
E pois me diz, que serei
o Deus da sua vontade
ou me fale, ou não verdade
da fruita lhe provarei:
inda que então me verei
dos pés até a carantonha
despido, e cheio de ronha,
posto em tamanha lazeira,
folhas dará-me a figueira
para cobrir a vergonha.

7
Se fora do Paraíso
derem comigo em alberca,
como a tal Eva não perca,
vai pouco, em que perca o siso:
basta, que um Anjo Narciso
se não ponha por meu mal
na porta do terreal,
para a entrada defender,
que eu não mereço Anjo ver
estando em culpa mortal.

8
E se sobre este desgosto
tiver por condenação,
que vá comer o meu pão
com o suor do meu rosto:
tudo levarei com gosto
por uma Eva tão bela,
tão guardada tão donzela,
que claro está, hei de andar
eu, e ela a trabalhar,
pois hei de trabalhar nela.

9
Em vez de belota má
que comeram nosso Pais,
teremos melões reais,
que é a belota de cá:
cavando aqui, e acolá,
nos verão todos os dias
comer ricas melancias;
inda que seja o bocado
tão trabalhado, e suado,
mais val suor, que sangrias.

10
Eva falta, e Eva mente,
e tem-me enganado enfim,
com que a Eva para mim
é peior, que uma serpente:
a serpente incontinenti
deixou-a Deus condenada,
que andasse sempre arreitada
co'a barriga para o chão,
e eu ponho a Eva a pensão,
que ande de costas virada.

11
Se ela de costas andara,
à fé, que eu a impingira,
a fé, que não me mentira,
nem agora eu me queixara:
se ela me não enganara,
não dera às minhas propostas
respostadas por respostas:
andara, qual sempre andou,
mas pois Eva me enganou,
mando, que ande Eva de costas.

146 [476-479]

Aplica o Poeta o caso seguinte a Inácio Pissarro sendo apanhado com uma Moça por seus Irmãos.

MOTE
Maria mais o Moleiro
tiveram certas razões;
Maria caiu-lhe a saia,
e ao Muleiro os calções.

Glosa

1
Maria todos os dias
levava a moer o trigo:
vem o Moleiro inimigo
rapa-lho todo em maquias:
tiveram certas porfias
andaram aos empuxões,
Maria caiu-lhe a saia,
e ao Moleiro os calções.

2
Maria escapou da briga,
mas logo no outro dia,
eis o Moleiro, e Maria
qual de cu, qual de barriga:
qual de baixo, qual de riba
jogaram os repelões,
Maria caiu-lhe a saia,
e ao Moleiro os calções.

3
Com tão grandes travessuras
Maria tanto esbofou,
que a candeia se apagou,
e ficaram às escuras:
ela cruzou logo as curvas,
e ele deu-lhe uns bofetões;
Maria caiu-lhe a saia,
e ao Moleiro os calções.

4
Em aperto tão urgente
tanto o Moleiro suou,
que a fralda em suor molhou,
não sei, se é assim, ou se mente:
ela afirma que ele mente,
que era caldo dos culhões:
Maria caiu-lhe a saia,
e ao Moleiro os calções.

5
Mas por lograr a ocasião
quis o triste do Moleiro
levar a praça a dinheiro,
não à força do canhão:
puxou pelo seu bolsão,
e dando-lhe dous tostões
Maria caiu-lhe a saia,
e ao Moleiro os calções.

6
Maria inda que cansada
gritava com tal pujança,
que acudiu a vizinhança
vendo tanta matinada:

mas vendo a luz apagada
cuidaram, que eram ladrões:
Maria caiu-lhe a saia,
e ao Moleiro os calções.

7
Veio a luz n'um castiçal,
e sem temer maus agouros
acham a Maria em couros,
ao Moleiro outro que tal:
ela a contar o seu mal
e ele a dar suas razões,
Maria caiu-lhe a saia,
e ao Moleiro os calções.

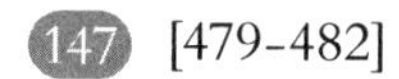

Descreve agora o Poeta como obrigaram a este sujeito a casar com esta Moça, tendo dado uns pontos no vaso para se fingir donzela.

Décimas

1
Casou Felipa rapada
com o Guapo do lugar,
e porque quis bem casar,
ficou arto mal casada:
hoje é a mal maridada
do sítio de São Francisco,
porque o Guapo vendo o risco,
que seu crédito corria,
em vez de dar-lhe a maquia
se contentou c'um belisco.

2
Que não consumou, se fala,
porque o Noivo em tanta glória
se pôs fraco de memória,
e esqueceu-lhe o cavalgá-la:
a Noiva fez disto gala,
porque ficou co'a honrinha,
e ele diz, que assim convinha:
porque se um homem de bem
não tira a honra a ninguém,
menos a quem a não tinha.

3
Ele está mui arriscado
a um sucesso infeliz,
porque o que dele se diz,
é, que o tinha bem provado:
a mim me não dá cuidado
ver, que o Noivo consentiu,
porque se a Noiva dormiu,
e diz, que o há de provar,
se cumpriu, hei de eu mostrar,
que já provou, e cumpriu.

4
Fez o Noivo às carreirinhas
uma airosa retirada,
vendo estar fortificada
a praça com tantas linhas:
mas eu já por contas minhas
tenho a maranha entendida,
e é, que o Noivo em sua vida
não quis, que o Povo malvado
dissesse, que andava assado
por uma mulher cosida.

5
Se coseu o berbigão,
como diz a gente toda,
muito a Moça me acomoda
para arrais de um galeão:
porque se a sua intenção
foi acaso em tanta bulha
meter (fora vá de pulha)
uma fragata alterosa
por barra tão perigosa
é, que se fiou na agulha.

6

O Noivo se veio embora,
e ela chora, ao que eu creio,
porque o Noivo se não veio,
não entendo esta Senhora:
mas o que se teme agora,
é, que um dos Cunhados mande,
que o pleito vá a Roma, e ande;
eu não sei, que demo o toma,
pois quer, que passe por Roma
mulher de nariz tão grande.

148 [482-484]

Ao Nascimento de uma Menina que se dizia ser Filha de João de Morales castelhano amigo do Poeta fez Silvestre Cardoso uns desconcertados versos, ao que o Poeta fez estas

Décimas

1
Compôs Silvestre Cardoso
um poema esta manhã,
e era assunto a Moná
nascida ao Morais Famoso:
por ser o verso jocoso,
foi festejado em verdade
com toda a celebridade,
e não deixei de notar,
que sendo o Pai secular
folgou co'a paternidade.

2
A um Pai qualquer filho enguiça,
se a Mãe puta lhe imputou,
e o Morais esta aceitou
só por crédito da piça:
que como o mal se lhe atiça,
e é de tão mau navegar,
que sempre anda a bordejar:
aceitou a filha parda
por mostrar, que da mãe sarda
soube o golfo penetrar.

3

Pela conta da cartilha
ficou verdadeira a Mãe;
Pasquinha ficou com Pai,
e o Morais ficou com filha:
todos nós os da quadrilha
ficamos de par em par,
Pissarro a zombetear,
e eu a pasmar, e aplaudir,
Morais a rir, e mais rir,
Silvestre a nos suportar.

149 [484-486]

Não podia o Poeta levar em capelo o continuado mentir deste Silvestre Cardoso, e por isso o sacode agora.

MOTE
Em qualquer risco de mar
quereis, Silvestre, ser Ema:
se a Ema no mar não rema,
como vos heis de salvar?

Glosa

1
Sois Silvestre tão manemo,
tão cagão, e tão coitado,
que antes que branco afogado,
desejais ser negro Emo:
se ao Emo lhe falta o remo
da pata para nadar,
quem se não há de espantar,
de ver, que um branco indiscreto
se passe de branco a preto
Em qualquer Risco de mar.

2
As Emas no mar não vogam,
que não são patos modernos,
os pretos não são eternos,
as aves também se afogam:
logo como assim avogam
à divindade suprema

vossos ais com tanto emblema,
e virando o papa-figo
para livrar do perigo
Quereis, Silvestre, ser Ema.

3
Nesta heresia tão crassa
deu Pitágoras gentil,
crendo, que a alma é tão vil,
que de um corpo a outro passa:
a vossa sim tem mais graça,
porque é asneira da gema:
senão vede o entimema,
como trocais em tal calma
em Ema o corpo, e a alma,
Se a Ema no mar não rema.

4
Sendo erro o transmigrar-se
(como Pitágoras disse)
a alma, é grã parvoíce
alma, e corpo transmutar-se:
e se deve condenar-se
alma, e corpo transmigrar,
e vós vos possais trocar
em Ema, isso nada voga,
porque se a Ema se afoga,
Como vos heis de salvar?

150 [487-489]

Ao Mesmo Sujeito não só por mentir muito, mas também por negar uma fornicação, em que foi visto com uma negra.

Décimas

1
Viu-vos o vosso Parente
n'uma moita fornicando,
e vós o caso negando
sois Pedro Silvestremente:
vós mentis, ou ele mente
dizendo a verdade pura:
vós estáveis na espessura,
onde a Negra vos espera,
e onde vos viram, ou era
o demo em vossa figura.

2
Já por vosso menoscabo
depois de injúrias tamanhas
dizem das vossas entranhas,
que é morada do diabo:
porque no cabo, ou no rabo
me dizia o coração,
que se há demo fodinchão,
havendo o tal de foder,
não podia tal fazer,
senão com vosso pismão.

3
Não sei, que menos torpeza
a vossa torpeza rara

acha na moita mais clara,
que na moita mais espessa:
tudo é foder à montesa,
e não tendes, que dizer,
replicar, nem defender,
que aqui foi, e não ali,
porque seja ali, ou aqui,
Silvestre, tudo é foder.

4

Se mudais de situação
não mais que por concluir,
em que anda sempre a mentir
vosso parente Fuão:
eu vos digo em conclusão,
que o tirardes a cassaca,
e abaixar-se-vos a ataca
(como diz vosso Parente)
tudo é sinal evidente,
de que sois o autor da caca.

151 [489-494]

À propensão com que este Silvestre Cardoso sempre queria imitar o peior.

Décimas

1
Senhor Silvestre Cardoso,
só eu invejar sei bem
a inveja, que aqui vos tem
a esse membro façanhoso:
vosso Primo de invejoso
tanto o abate, e quebranta,
que isso a todos nos espanta,
pois quando a mentira encaixa,
como de falso o abaixa,
ele é, quem vo-lo levanta.

2
Diz, que Cristina jurou,
que se vos não levantara,
vós dizeis, que alguém tomara,
levar, o que ela levou:
e eu, que tão perplexo estou
entre crer, e duvidar,
quero levar, e apostar,
que tal não levou Cristina,
porque se acabe a contina
de alguém tomara levar.

3
Se vos põem algum defeito,
costumais logo dizer:

isso vi eu suceder
em tal parte a tal sujeito:
dai ao demo esse conceito,
que a alheia imperfeição
é triste consolação;
porque o amigo, ou parente
é como vós tão doente,
ficais vós acaso são?

4
Não vos mova a desairado
o mal daquele, e defeito:
tratai vós de andar direito,
e ande o mundo corcovado:
o mau exemplo estampado
no bronze, jaspe, ou história
o seu fim, e a sua glória
não é para se imitar,
senão para o desterrar
pelo escarmento a memória.

5
Vós toda a falta inquiris,
e em a chegando a saber
em vez de a aborrecer,
correntemente a seguis:
se a vossa má sorte quis,
que fôsseis, do que é peior
um perpétuo imitador,
e tendes habilidade
para imitar a maldade,
não é a virtude melhor?

6
E se o alheio senão
tomais por vossa desculpa,

quando vo-la dão em culpa,
até isso é imitação:
desculpai-vos co'a razão,
se a tendes para emprëndê-lo,
se não calá-lo, e sofrê-lo,
porque geralmente dito,
do pecado, e do delito
a desculpa é não fazê-lo.

7
Verbi gratia uma senhora
cativa do coadjutor,
que nos trabalhos de amor
hoje é vossa coadjutora:
porque a bateis cada hora
com tanto afã, e canseira
no pasto, praia, e ladeira,
para que heis de publicar,
que vos não deixa parar,
porque é grande bolideira?

8
Este excesso tão insano
será acaso menos grave,
para que menos agrave,
porque o mesmo fez Fulano?
não: que fora entonces lhano
poderdes herege arder,
porque Lutero o quis ser:
poderdes ser um Mafoma,
poderdes ser um Sodoma,
tendo, a quem vos parecer.

9
Ter sucedido o delito,
haver-se feito o pecado,

não faz, que esteja acabado
seu rencor, ou já prescrito:
antes um, e outro aflito
co'a pena, que se lhe pôs
pelo seu delito atroz,
faz a esses, que imitáveis
homens irremediáveis,
e incorrigível a vós.

10

Este amoroso vexame
vos dá um amigo, e aplica,
que não queirais não, que implica,
que vos censure, e vos ame:
antes, porque o mundo aclame
o zelo, com que me atrevo,
vendo, que nada relevo,
a quem devo obrigações,
vos mostro nestas razões,
que assim pago, o que vos devo.

Saudoso de Pernamerim e sendo acaso topado naquela vila um moleque chamado o Moçorongo de Tomás Pinto Brandão sem carta, nem recado do Senhor para o Poeta, ele se mostra sentido neste

Romance

Veio aqui o Moçorongo
tão oculto, e escondido,
que não sei se o tenha a ele,
se a vós por meu inimigo.

Chegou terça-feira à tarde,
meteu-se em casa de Chico,
passou a tarde, e a noite,
e o peior é, que dormindo.

Porque havia de dormir
o Moçorongo maldito,
sabendo, que eu estava
desvelado, e afligido.

Amanheceu quarta-feira,
chegou o nosso Arcebispo,
gastou-se toda a manhã
com visitas, e visitos:

Deu meio-dia, e fui eu
para casa dos amigos
esfaimado como um cão,
e como um lobo faminto:

Quando o cão do Moçorongo
saiu do seu esconderijo,
e sem cuidar no encontro
deu de focinho comigo.

Alegrei-me, e enfadei-me,
que há casos, em que é preciso,
que se mostre ao mesmo tempo
alegre um peito, e mofino.

Amofinou-me a traição,
com que ele esteve escondido,
e alegrei-me de encontrar
com gente desse distrito.

Perguntei logo por vós,
por Inácio, e Antonico,
por Luzia, e por Catona,
e mais gente desse Sítio.

Todos estão de saúde,
me disse o Crioulo esquivo
um tanto triste da cara,
pouco alegre do focinho.

Mas eu fiz-lhe muita festa,
assim por ser seu amigo,
como por ser cousa vossa,
e nesse pasto nascido.

Perguntei, se me escreveras:
zombou disso, e deu-me um trinco;
zombou com cara risonha,
trincou com dedo tangido.

Disto formo a minha queixa,
disto fico mui sentido,
pois sei, que tendes papel,
tinteiro, pena, e juízo.

Mas andar lá nos veremos,
e vereis, que de sentido
vos hei de estrugir a vozes,
e me hei de espojar a gritos.

Por este Moleque, que deu ao Poeta muitas lembranças da parte de Catona, lhe remeteu ele o seguinte

Romance

Mandais-me vossas lembranças,
eu as não hei de mister,
porque de vós sempre as tenho,
quer m'as deis, quer não m'as deis.

Se o fazer mal não se perde,
como é adágio português,
quem me faz tão grandes males,
como me pode esquecer?

Sinto, que vossas lembranças
me viessem esta vez
na desconfiança envoltas
lembrarei, não lembrarei.

Como não há de lembrar-me
um coração tão cruel,
se as feridas n'alma dadas
nem curadas saram bem?

A cada passo me lembram
os rigores, e os desdéns,
com que, ingrata, castigastes
a culpa de vos querer.

O certo é, que este temor
nasce da vossa má fé,

que quem se sangra em saúde
culpada deve de ser.

De vós mesma desconfiai,
que de mim não pode ser:
de vós sim, que me matastes,
de mim não, que vos amei.

Porque se aquela pessoa
na minha memória fez
entrada por mão de amor,
quem lhe havia de empecer?

Se haveis medo de querer-me,
porque isso me mereceis,
e o que mereceis, não faço,
faço por vos merecer.

Mereceis-me já esquecido
do tempo, que vos quis bem,
e nem me lembra esquecer-me
a fim de inda vos querer.

Pelo que sois não vos amo,
que não se adora o cruel,
o belo sim, e eu vos amo,
pelo que me pareceis.

Pois por mais que fôsseis dura,
isenta, ingrata, e cruel,
quem vos não quita o ser linda,
não vos quitara o querer.

Agravos não m'os fizestes,
males, e injúrias também:

se de alguém hei de queixar-me,
de um ninguém me queixarei.

Vós não tivestes a culpa:
toda a culpa teve, quem
vos quis tratar com lisonjas,
suceda, o que suceder.

Quem vos não diz a distância,
que o negro do branco tem,
esse teve a culpa toda,
é amigo, pode-o fazer.

Mas deixando estes queixumes,
que será força ofender
com queixas, quem nunca pôde
com finezas dar prazer:

Digo, que as vossas lembranças
tanto n'alma as estimei,
como vós sois testemunha,
que lá as vistes receber.

Queira Amor restituir-me
dos agravos, que me fez,
e vos faça já a destroca
do branco pelo guiné.

154 [500-503]

Por este mesmo escravo escreve também o Poeta a outro amigo em Pernamerim chamado Inácio, queixando-se de lhe não escrever, nem lhe mandar novas das fêmeas.

Senhor Inácio, é possível,
que quisestes desdizer
daquela boa opinião,
que eu tinha na vossa fé?

É possível, que um amigo,
de quem tanto confiei,
nem por escrito me fala,
nem em pessoa me vê?

É possível, que uma ausência
tanta potestade tem,
que ao vivo morto reputa,
no que toca ao bem-querer?

Se isto em vós a ausência faz,
como em meu peito o não fez?
não sois vós o meu ausente,
que em minha idea viveis?

O certo é, meu amigo;
disse amigo: mas errei,
que não sois amigo já,
fostes meu sócio talvez.

Fostes sócio nos caminhos
daquela terra infiel,

onde Luzia traidora,
e Catona descortês

Me privaram dos sentidos,
e me deixaram cruéis
o corpo uma chaga viva
a golpes de seu desdém.

Mas eu me não queixo delas,
que de nenhuma mulher
má, ou boa há de queixar-se
homem, que juízo tem.

Queixo-me de vosso Tio,
que se foi por me empecer
esta terceira jornada
para acabar o entremez.

Praza a Deus, que ache Simoa,
a quem amante foi ver,
como há de achar Antonica
farta do Xesmeninês.

Daquela Antonica falo,
que pôs no negro poder
das Quitas, para que a guardem,
e a guardaram ao revés.

Que a Silvestre a entregaram,
o qual, como vós sabeis,
apesar dos dias santos
lhe deu tanto que fazer.

Mas pois em Pernamerim,
e em suas cousas toquei,

neste mesmo assunto quero,
me façais uma mercê.

Dizei-me, se está o Antônio
recolhido a seu vergel,
onde era geral Adão
das Evas, que Deus lhe deu.

E se acaso tiver vindo,
vos peço, que lhe mandeis
este romance fechado
em um molhado papel.

Porque no molhado veja
o choro, com que lancei
estes versinhos tão tristes
por amar, e querer bem.

A ele, que me fugiu
desta casa, há mais de um mês,
e a Catona, que o imita
no esquivo, e no infiel.

E com isto, e outro tanto,
que me fica por dizer,
adeus, até que tenhais,
quem vos traga a meu vergel.

Descreve o encontro, que teve com a Mulata Esperança no sítio da Catala.

Romance

Na Catala me encontrei
onte onte com Esperança
e porque à Catala fui,
dizem, que fui a catá-la.

Mentem por vida d'El-Rei,
que mal podia ir buscá-la,
quem em sua negra vida
não tinha visto tal Parda.

Dei em buscá-la ao depois,
porque a boa da Mulata
fez de andar por mim perdida
os meios de ser buscada.

Dei com ela, e perguntando,
onde vivia, e morava,
de quem era, a quem servia,
e se andava amancebada:

Ela respondeu em forma,
e disse as formais palavras
"eu, meu Senhor dos meus olhos,
e meu Doutor da minha alma,

Sou cativa de você
e de Luiz Correa escrava,

onde vivo, é lá na Ponta,
onde mato, é na Catala.

Amancebada não sou,
porque a sorte me guardava
este encontro de você
para enlaçar-nos as almas.

Aqui estou a seu serviço,
veja agora, o que me manda,
que se me manda assentar,
me verá logo deitada.

Não sou mulher de invenções,
que cerimônias não gasta
com os homens de respeito,
quem corre do mundo a Mafra".

Agradeci-lhe os favores
com meu par de pataratas,
fui-me chegando para ela,
fui-lhe erguendo logo as fraldas.

Fui pelas fraldas ao monte,
e quando lhe pus a palma,
foi pouca para o cobrir,
porque o monte era montanha.

Foi isto na capoeira,
e ela me cacarejava
tanto, que como à galinha,
eu galo deitei-lhe a gala.

Outra gala me pediu,
que eu prometi com mão larga,
e a hei de galar mais vezes
por lhe cumprir a palavra.

156 [506-509]

À Mesma Mulata aparecendo em outra ocasião ao Poeta mui desfigurada, amarela, e cheia de gálico.

Décimas

1
Queixam-se, minha Esperança,
os que convosco têm cópia,
que sendo em sangue Etiópia,
sois nos maus humores França:
eu, que o não tomei por chança,
logo desisti da empresa
de lograr essa beleza,
porque é o mesmo, e peior
ter do mal francês humor,
que os narizes à francesa.

2
Se estais tão afrancesada,
que lascívia vos provoca
a dares beijos na boca,
devendo-os dar na queixada?
mas vós tendes tão trocada
a paz do nosso País
no álamo de Paris,
que como o bom português
traduzis em mau francês,
até os beijos traduzis.

3
Deixai mudas de uma vez,
sendo (pois vos acomoda)

ou do bom português toda,
ou toda do mal francês:
curai, inda que vos pês,
com cuidado, e sem detença
essa gálica doença,
ou borracheira gavacha,
que entre gavacha, e borracha
há mui pouca diferença.

4
Se andastes qual peregrina
toda a França em uma alparca,
e passando à Dinamarca
voltastes de marca digna:
e que a puro pau da China
nos hemos de desmarcar,
todos podemos clamar,
de que com tantos abalos
vos fostes deitar c'os Galos
a fim de nos galicar.

5
Dizem, que em cada tutano
do vosso corpo podrido
anda impresso, e esculpido
um reportório do ano:
matemático tirano
são os vossos olhos fritos,
e se estando mais aflitos
tudo adivinhando estão,
é triste adivinhação
pronosticar tudo a gritos.

6
Não quisera eu, meus amores,
aprender noite, nem dia

essa vossa astrologia
à custa de minhas dores:
saber do tempo os rigores,
do ar a serenidade
será ciência em verdade
dessa vossa pestilência,
mas tomai vós a ciência,
e dai-me a simplicidade.

 [510-514]

À Negra Margarida, que acariava um Mulato chamando-lhe Senhor com demasiada permissão dele.

Décimas

1
Carina, que acariais
aquele Senhor José
ontem tanga de Guiné,
hoje Senhor de Cascais:
vós, e outras catingas mais,
outros cães, e outras cadelas
amais tanto as parentelas,
que imagina o vosso amor,
que em chamando ao cão Senhor
lhe dourais suas mazelas.

2
Longe vá o mau agouro;
tirai-vos desse furor,
que o negro não toma cor,
e menos tomará ouro:
quem nasceu de negro couro,
sempre a pintura o respeita
tanto, que nunca o enfeita
de outra cor, pois fora aborto,
é, como quem nasceu torto,
que tarde, ou nunca endireita.

3
A nenhum cão chamais tal,
Senhor ao cão? isso não:

que o Senhor é perfeição,
e o cão é perro neutral:
do dilúvio universal
a esta parte, que é
desde o tempo de Noé,
gerou Cão filho maldito
negros de Guiné, e Egito,
que os brancos gerou Jafé.

4
Gerou o maldito Cão
não só negros negregados,
mas como amaldiçoados
sujeitos à escravidão:
ficou todo o canzarrão
sujeito a ser nosso servo
por maldito, e por protervo;
e o forro, que inchar se quer,
não pode deixar de ser
dos nossos cativos nervo.

5
Os que no direito expertos
penetram termos tão finos,
bem sabem, que os libertinos
distam muito dos libertos:
se há brancos tão inexpertos,
que dão benignos, ou bravos
alforrias por agravos:
os que destes são nascidos
por libertinos são tidos,
porém são filhos de escravos.

6
O filho da minha escrava,
e dos meus vizinhos velhos,

que eu vejo pelos artelhos,
que Ontem soltaram da trava;
porque tanto se deprava
com tal brio, e pundonor,
que quer lhe chamem Senhor:
se consta o seu senhorio
de um bananal regadio,
que cavou com seu suor!

7

E se são justos os brios
daqueles, que escravos têm,
nisso a mor baixeza vêm,
pois têm por servos seu tios:
e se algum com desvarios
diz, que o ter por natural
sangue de branco o faz tal,
nisso a condenar-se vêm,
porque se o branco faz bem,
como o negro não faz mal?

8

Tomem de leite um cabaço,
lancem-lhe um golpe de tinta,
a brancura fica extinta,
todo o leite sujo, e baço:
assim sucede ao madraço,
que com a negra se tranca;
do branco o leite se arranca,
da negra a tinta se entorna,
o leite negro se torna,
e a tinta não se faz branca.

9

Mas tornando a vós, Carira,
que ao negro Senhor chamais,

porque é Senhor de Cascais,
quando vos casca, e atira:
crede, amiga, que é mentira
ser branco um negro da Mina,
nem vós sejais tão menina,
que creais, que ele não crê,
que é negro, pois sempre vê
em casa a mãe Caterina.

10

Dizei ao Vosso Senhor
entre um, e outro carinho,
que o negro do seu focinho
é cor, que não toma cor:
e que dê graças a Amor
que vos pôs os olhos tortos
para não ver tais abortos,
mas que há de esbrugar mantenha
daqui até que Deus venha
julgar os vivos, e mortos.

 [515]

A Francisco Ferreira, de quem o Poeta se acompanhava naquele retiro, faltando-lhe um dia aprazado para certa viagem.

Soneto

Não vëm, como mentiu Chico Ferreira!
Ou ele mente mais que uma cigana,
Ou não conhece os dias da semana,
E lhe passou por alto a quarta-feira.

Disse-me, que ia ver lá da ladeira
O arrozal, que plantou na terra lhana,
Porém como olhos tem de porçolana,
Em três dias não viu a sementeira.

Amanheceu o dia prometido
Formoso, alegre, claro, e prazenteiro:
Bom dia, disse eu cá, para a viagem.

Saí ao meu passeio mal vestido,
E tomando exercício de gajeiro,
Não vi vela, e fiquei como um salvagem.

159 [516]

Ao mesmo e pelo mesmo caso, que chamava ao Poeta seu mestre na solfa, porque com ele cantava às vezes.

Soneto

Quem deixa o seu amigo por arroz,
Não é homem, nem é de o ser capaz,
É Rola, Codorniz, Pomba torquaz,
Não falo em Papagaios, e Socós.

Quem diz, que vai ficar dous dias sós,
E seis dias me tem neste solaz,
Tão pouco caso do seu mestre faz,
Como faz do seu burro catrapós.

Andar: ele virá cantar os rés,
E então lhe hei de entoar tão falsos mis,
Que saiba, como pica o meu revés.

Dai vós ao demo o decho de aprendiz,
Que a seu mestre deixou tão triste rês
Por quatro grãos de arroz, quatro ceitis.

 [517]

A um Vizinho dá conta o Poeta em uma manhã de inverno, do que passava com o frio.

Soneto

Que vai por lá, Senhor, que vai por lá:
Como vos vai com este vento Sul,
Que eu já tenho de frio a cara azul,
E mais roxo o nariz, que um mangará?

Vós na tipoia feito um Cobepá
Estais mais regalado que um Gazul,
E eu sobre o espinhaço de um baul
Quebrei duas costelas, e uma pá.

Traz Zabel o cachimbo a fazer sono,
E se o sono pesar como o cachimbo,
Dormirei mais pesado do que um mono.

Vêm as brasas depois, que valem jimbo:
E eu de frio não durmo, nem ressono,
E sem pena, nem glória estou no limbo.

A Persuasões de Tomás Pinto escreve Catona ao Poeta uma carta toda cheia de amores, e finezas, e ele lhe responde com este

Romance

Recebi as tuas regras,
meu amor, minha Antonica,
as quais, te juro, me deram
para mais penas mais vida.

Ressuscitei, quando as li
do letargo, em que me via,
mas quem vive para as penas,
morre, quando ressuscita.

Teu objeto em cada letra
contemplei por vida minha,
mostrando-me em cada termo
tua essência uma alegria.

Recebi os teus abraços,
gozei-me em tuas carícias
e por te ver, meus amores,
todo me enchi de alegrias.

Eu zeloso te falava,
tu mil zelos me pedias,
eu queixoso, e tu queixosa,
eu morto, e tu insofrida.

Nesta amante confusão,
no logro destas delícias
me vi, Tona dos meus olhos,
quando tuas regras lia.

Mas porém foram de amor
tudo aparências fingidas,
tudo sombras fabulosas,
e tudo doces mentiras.

Porque logo o desengano,
que as verdades acredita,
me fez ponderar-te ausente
na distância, onde me ficas.

Vendo então, que era sonhada
a fortuna sobredita,
comecei com meus excessos
a fazer, o que convinha.

Enternecido, e saudoso,
meus olhos lágrimas vivas
lançam, vendo-me já morto
em correntes repetidas.

Um suspiro as acompanha
pronóstico de agonias,
que publicando saudades
os mesmos astros lastima.

E como a causa tu sejas,
minha ausente, minha rica,
hão de ser dela os efeitos
por desiguais sem medida.

Os efeitos, que me causam
saudades tão repetidas,
meu afeto t'os relata,
meu grande amor t'os publica.

Considero-te, meu bem,
distante da minha vista,
e como vivo de ver-te,
sem ver-te não tenho vida.

Sempre está meu coração
em sobressalto, e fadigas,
porque sabe bem sentir
qualquer achaque, que sintas.

Entra logo a combater-me
dos zelos a bateria,
e como Troia o meu peito
abrasam em chamas vivas.

Considero-te lograda,
de quem és mal merecida,
falsa, no que me prometes,
ingrata a tantas carícias.

Logo torno a desculpar-te,
julgando cousas impias,
as que de ti considero,
por saber, que és compassiva.

Esta consolação traz
por saudosa companhia
uma esperança, que tenho
para ver cedo cumprida.

E como por festa chega,
e na festa se limita,
quanto esta festa me tarda,
tanto o prazer se aniquila.

Estes dias para mim
são anos, e não são dias,
as horas parecem meses,
dos quartos não sei, que diga.

Considera tu agora
como estará, minha vida,
quem tantos contrários tem
para tantas agonias.

Quem combatido se vê
com rigor, e tirania
de esperanças dilatadas,
suspiros, ânsias, fadigas.

No mais aqui te não falo,
tudo deixo para a vista;
entretanto Deus te guarde,
Deste, que muito te estima.

 [522-524]

Teve Catona uma grande enfermidade logo a este tempo, e chegando as novas ao Poeta lhe mandou este

MOTE
Ontem soube o vosso mal
e de então, meu doce emprego,
não pude enxugar meus olhos,
nem calar meu sentimento.

Glosa

1
Dizem os exprimentados
nos bens, e males da vida,
que os males vêm de corrida,
e os bens chegam retardados:
eu tomo em termos trocados
esta sentença fatal,
pois estando vós mortal
doente de tantos dias,
tão mal, com tantas sangrias,
Ontem soube o vosso mal.

2
Como a nova chegou tarde,
perdeu tempo o meu pesar,
que para mim foi desar,
pois de amar-vos faço alarde:
que, quem no vosso amor arde
tão louco, arrojado, e cego,
no vosso desassossego

quisera meu coração
padecer antes de então,
E de então, meu doce emprego.

3
Quando a triste nova ouvia,
fiquei tão amortecido,
que de puro estar sentido
não senti, o que sentia:
quem tão confuso se via,
vendo como por antolhos,
que estava pisando abrolhos
entre a vossa, e minha mágoa,
como chorei mares d' água,
Não pude enxugar meus olhos.

4
Alma me pus a partir,
e em pedaços a chorei,
toda junta a não botei
só por viver, e sentir:
assim vim a conseguir
dar à minha dor aumento,
e como era o meu intento
fazê-la extensiva um tanto,
não pude parar meu pranto,
Nem calar meu sentimento.

Desta enfermidade passou Catona a curar-se na vila de São Francisco, onde o Poeta estava, e à sua vinda lhe cantou este

Romance

É chegada a Catona,
e vem muito doente,
que se há gostos, que matem,
have-los-á, que enfermem.

Se enferma de seus gostos,
gosta, do que padece,
e assim ninguém a cure,
que, quem a cura, a ofende.

Da gente desta casa
ninguém há, que penetre,
se ele apertou com ela,
se ela apertou com ele.

O que se sabe ao certo,
é, que se ela adoece
daquilo de que vive,
livre está de morrer-se.

É ditosa Catona,
que quanto mais padece,
mais assegura a vida,
pois vive, do que geme.

Para si não enferma,
contra mim adoece,
se morre por deixar-me,
hei medo, que me deixe.

Na sua enfermidade
logra dous interesses,
o gosto de enfermar-se,
e o prazer de morrer-me.

Se a curo, então a ofendo,
pois lhe tiro os prazeres:
se a não curo, me mato,
valha-me Deus, mil vezes.

Que nesta confusão,
em que o fado me mete,
ou se cure, ou não cure,
hei medo, que me enterre.

164 [527-530]

A um Pardo chamado Lopo Teixeira, por quem mandou o Poeta comprar umas melancias a Saubara, e lhe trouxe muito má compra.

Décimas

1
Amigo Lopo Teixeira,
com a vossa cota honrada
não diz bem a verdugada
desta compra estafadeira:
fosse malícia, ou asneira
o negócio, ou mercancia,
eu por qualquer desta via
creio, que é vosso cuidado
nas demais fruitas honrado,
porém não na melancia.

2
Tínheis-me da vossa parte,
porque um homem sabichão
na arte da fornicação
cri, que fosse em qualquer arte:
mas vós sois um Durandarte
nisto de uma compra cara;
quem tal nunca imaginara,
ou quem me dissera a mim,
que honras de Pernamerim
se perderam na Saubara.

3
Quero convosco apostar,
que em sabendo desta asneira
a Marcelina Pereira,
convosco se há de agastar!
não só vos há de negar
o débito em cima d'arca,
porém pesada da alparca
tão frouxa se há de estender,
que vos haveis de dizer:
não vi mais ronceira barca.

4
Marcelina não direis,
que é boa fêmea jamais,
com que os Moços alterais,
e até os velhos acendeis:
vós, amigo, amargareis
a doçura da rapina,
e direis com voz mofina
não trocarei em meus dias
por doce de melancias
o doce de Marcelina.

5
Vosso Filho não será
por nenhum meio ordinário
clérigo, porque o Vigário
esta tacha lhe porá:
nos banhos escreverá,
que lhe saiu na estação,
que era filho de um ladrão,
e ladrão de melancias;
tenham tudo as clerezias,
amigos da fruita não.

6

Se sabe o Governador
desta vossa ladroíce,
acabou-se a fidalguice,
a estimação, e o amor:
heis de viver de favor
tão falto, e de tal maneira,
que a filha não será freira,
ou quem a flor lhe tirou,
se donzela a enjeitou,
a enjeitará parideira.

7

A vós vos há de enjeitar
até a vossa Apolônia,
porque a negra é uma demônia
em cascar, e escarnicar:
ontem lhe ouvi eu chamar
a vós, Lopo, de asneirão,
porque eu profetize, ou não,
já desde onte adivinhara,
que havia vir da Saubara
um gato, quem fora um cão.

8

De perjuízo tão raro,
que passará a desacato,
ninguém dirá, que barato
comprastes, senão bem caro:
este monte é tão avaro,
e vive de tais ajudas,
que por quatro tanajudas,
que querem morrer, se há visto,
mas quem compra para um Cristo,
que há de sair senão Judas.

Índice
Dos
Assuntos.
Poesias
Judiciais.

Cidade e seus Pícaros

Desenvolturas na Vila de São Francisco

ALFABETO
Das
Obras

A

B

C

D

E

F

G

H

I

L

M

N

O

P

Q

R

S

T

V

Este livro foi composto com tipografia Bembo e impresso

em papel pólen soft 80g/m^2 na Geográfica.